侨日瞧日

丛书主编 李长声

扶桑华影

龙昇◎著

中国法制出版社
CHINA LEGAL PUBLISHING HOUSE

日本是这样的

李长声

从陈寿《三国志》算起，到眼下要出版的《侨日瞧日》丛书，中国人写日本已写了两千年，年头比日本人写他们自己长得多。日本人总爱问我从哪里来，所谓日本论、日本人论、日本文化论，世界上最早的，就是这《三国志·魏书》当中的两千来字，“男子无大小皆黥面文身”、“妇人不淫不妒忌”云云。

它记下倭国“人性嗜酒”，虽然在武则天篡唐为周的时候改叫日本了，但时至今日，这话也说得没错，下班后成群结伙喝个醉仍然是东洋一景。有陈寿的史笔，日本人才得知自己的祖先在公元3世纪是什么样子，但前些年有个叫西尾干二的，跳出来“新编历史教科书”，出版了一本给国民看的历史书，抢眼一时，说《三国志》关于倭人的记述没有史料价值。日本人疑惑《三国志》，理由之一是中国至日本的航海路线难以坐实。原因归罪于中国，却忘了唐人早说过他们不以实对，山在虚无缥缈间。否定中国人对日本的认识，并非始于此西尾，这既是给自己打气，又是一个方法论，日本文化在很大程度上是通过贬低、否定、破坏中国文化来建立的。

倭人在大海之中，古时候我们不关心。遣唐对于日本来说是历史上的盛事，但唐人王维说“积水不可极，安知沧海东”，刘长卿说“遥指来从初日外，始知更有扶桑东”。到了宋代，日本刀、日本扇进口了不少，欧阳修浩叹：商人弄来这么把短刀有什么可说的！想当年徐福去日本，始皇帝尚未焚书，但日本把他带去的那些逸书据为己有，不许再传回中国。长达千余年，倭人、日本人冒着生命危险渡海到大陆取经，而中国不必学日本。水往低处流，文化交流基本是单向的，这是正常的历史进程。中日邦交正常化以后，研究中日之间古代文化交流也重视起日本文化向中国的输入，这不过是在友好的题目下做文章罢了。或许有助于友好，但文化交流的研究不是为编写一部友好史。日本终于赶超了中国，一场甲午战争把中国人打得正眼看日本了，胡适小时候作文也得“原日本之所由强”。中国人看明白日本学了西方才强大，去日本留学就直奔主题，通过它学习西方。至于不如人家学得好，那就是另一回事了。

认识日本及其人以及文化，好些中国人至今犹看重美国人鲁思·本尼迪克特的著作《菊与刀》。它确是经典，但毕竟过去五六十年代，出版时当今日本首相安倍晋三还没出生呢。人们读它的收获好像主要是一个生动活泼的论点，即日本文化具有两面性。书中说的菊，并非指皇家的标志，乃是用铁丝把菊花造型，以养菊的爱美对比以刀为荣的尚武。关于日本人的两面性，唐人早已指出过，例如包佶写诗送阿倍仲麻吕（晁衡）回国，说“野情偏得礼，木性本含真”。还很“野”的时候就跨越地学会了中国的“礼”，而那种“木性”现今也常被在日本打工的中国人笑话。日本的一些优点，譬如拿来主义、善于学习，不过是一种习惯，谈不上多少思想，而且是中国帮它养成的。处于原始时代，旁边就有了一个那么发达的文化，自然会不由自主地伸手拿来。养成了习惯，后来看见西方有更好的东西，也什么都拿。社会一旦形成了某种体制，就未必还那么宽容，因为拿来主义对于社会的稳定也可能是一种破坏。日本战国时代织田信长组建洋枪队，长筱战役用三千杆洋枪击溃武田胜赖的强悍骑兵，德川家康也率军参战，但江户时代二百余年基本未发展洋枪洋炮。

《菊与刀》问世十年前，周作人写道："近几年来我心中老是怀着一个大的疑情，即是关于日本民族的矛盾现象的，至今还不能得到解答。日本人最爱美，这在文学艺术以及衣食住行的形式上都可看出，不知道为什么对中国的行动显得那么不怕丑。日本人又是很巧的，工艺美术都可作证，行动上却又那么拙，日本人喜洁净，到处澡堂为别国所无，但行动上又是那么脏，有时候卑劣得叫人恶心，这真是天下的大奇事，差不多可以说是奇迹。"本尼迪克特用文化人类学解开周作人的疑情：这奇事的根由在于欧美文化是良心大大地好的“罪文化”，而日本人总得有人盯着指着才知“耻”。

更早些时候，一九二八年戴季陶出版《日本论》，写道：“日本封建时代所谓‘町人根性’，一方面是阴柔，而另一方面是残酷，以政治上的弱者而争生活上的优胜，当然会产生这样的性格。现在日本的实业家里面除了明治时代受过新教育的人外，那些八十岁级的老人里面，我们试把一个武士出身的涩泽和町人出身的大仓，比较研究起来，一个是诚信的君子，一个是狡猾的市侩；一个高尚，一个卑陋；一个讲修养，一个讲势利，这种极不同的性格，就可以明明白白地看出武士、町人的差别了。”从社会阶级看透日本人的两面性。近代以来大和民族的两面性是武士与町人（商人、工匠等市井之人）的合体，“现代日本上流阶级中流阶级的气质，完全是在‘町人根性’的骨子上面，穿了一件‘武士道’的外套”。诚信、高尚的品格是德川幕府用儒家思想对武士进行改造的结果。清除武士的“武”，那种从激情燃烧的岁月带过来的野蛮的杀伐之气，修养成“士”，以充当领导阶级。明治天皇复辟后接连兴战，鼓吹武士道，我们知道的武士形象就一副野相了。

哪种文化都具有两面性，非日本独特。民族的两面性不一定分明地体现在一个人身上。鲁迅在《一件小事》里写了车夫和老女人，这两个人物合起来表现出中国老百姓的两面性。一方面高大得“须仰视才见”，另一方面“眼见你慢慢倒地，怎么会摔坏呢，装腔作势罢了，这真可憎恶”。倘若他当年更无情面地解剖那老女人的可恶，或许当今中国不至于有满街的“扶不扶之惑”。鲁思·本尼迪克特没到过日本，著作中令人目不暇接的事例好些是得自俘虏或文学作品。戴季陶在日本前后生活过八年，更作为孙中山的翻译、秘书接触过很多日本要人。有日本学者认为戴季陶《日本论》具有体系性，足以比肩《菊与刀》，某些地方更是凌驾其上。或源于历史，或意在取巧，中国人观察或研究日本多偏重文化或风俗，近现代人们更关心政治、经济，却天然是西方人的擅场。

不过，中国人看日本，确实也有几个毛病。一个毛病是先天的：一说日本就扯到中国，好像除了漫画，满日本看见的到处是中国文化。中国人在日本很快就学会弯腰撅腚，而西方人不会，日本人学他们握手，这正是中日文化同根的现象。但过河为枳，何况过了海。“叶徒相似，其实味不同”，不能用中国人的眼光和心思一厢情愿地诠释日本。例如，有文章介绍皇太子的女儿上学也得跟普通人家女儿一样带饭盒，写这么一句：吃的自然是冷饭冷菜。这是用中国“冷”观念描述日本，拉家常似的，就误导了我们的认知。日本人自古好生冷，被列为世界文化遗产的和食几乎除了大酱汤，没什么趁热吃的饭菜。中国人说到日本文化常常露怯在中国知识上，甚而骂日本反倒骂到了自己的老祖宗。

另一个毛病像是后天的：他山之石可以攻玉也好，打鬼借助钟馗也好，当我们谈论日本时我们在谈论中国。这使我们偏激，凡事都说日本好。看现实的日本也需要把它放在日本的历史当中看。譬如有一位名人说：二战前的东京没法子跟上海比，但现在中国没有哪个城市能够跟日本随便哪个城市比。恐怕事实是二战前的东京没法子比的是上海的租界，不是笼统的上海。东京遭受过几次大破坏，有自然灾害（关东大地震），有战争（美军大轰炸），也有一九六四年东京奥运会前后的建设性破坏。二十世纪七十年代开始对改造城市反悔反思。田中角荣的“日本列岛改造论”思想曾支配战败后的日本，一面收购土地，用税金修路，通车，建高尔夫球场、休闲设施，获得莫大的利润，使生活便利而丰富，另一面却破坏了美丽的自然。就是说，安倍晋三笔下的“美丽日本”远不如过去。

听说国内有这么个妙论：不管你多么厌恶日本，去一趟就喜欢了。真就有报道，一位中国军官参观日本，看见街上没有穿军装的，军校里不讲军国主义，感动得回国就要送女儿去日本留学。倒是女儿说：你怎么去日本一个星期就变成亲日家了？这样的亲日家再浅薄不过了，恐怕底子就是个愚民。有位叫莫邦富的，侨居日本三十年，作为独立媒体人活跃在日本主流社会，不久前撰文，道破了“日本旅游业歧视讲中文的客人”，这恐怕是那些哈日（听说又叫“向日葵”了）的游客都浑然不觉的吧。日本人常说自己是小小的岛国，这是长久跟所谓地大物博的中国相邻而形成的传统观念。放眼世界，日本并不小。所谓“兰学”启动日本走向近代的文明开化，这个兰就是荷兰，它的面积还不到日本的十分之一，人口密度大得多。日本的陆地面积在世界二百三十个国家和地区中位居六十二，比德国、英国大，比韩国、朝鲜合起来还大。我们对日本的认识每每是传闻，叫它“小日本”，但若真以为小，那就有误了。这套《侨日瞧日》丛书的作者有个共同点，那就是长年侨居日本，甚至瞧它瞧了二三十年。他们生活在日本，为生活而观察，而学习，而且有一点研究。把体验和心得写出来，既不是走马观花，也不用妙笔生花，无非要告诉大家一个活生生的日本。日本是这样的。

甲午初夏于东京

目　录

或真或假，传说是美丽的

漫步徐福之路

日本九州岛第一大河筑后川，流长143公里，源出熊本阿苏山，注入有明海。入海的河口一侧是福冈县的大川市，一侧是佐贺县的诸富町。传说徐福在诸富町登陆并短住，所以它又有“徐福之里”的称呼，近年在其町内设有一条5公里长的“徐福散步路”。初秋的一天，我和妻子一起驱车来到“徐福散步路”，做了一次漫步。

“徐福散步路”起端南侧有一段彩色小路，一路伴有一条小溪流，小溪叫“徐福之泉”，出自一口井，井只半米就见底，里面安装着自来水龙头在放水，是象征性的“徐福井”。井旁有一大石，上刻“徐福之里”，倒是刻意告诉人们这里曾是徐福生活过的地方。问过散步的当地长者，知道了徐福登陆是在“徐福之泉”南面两公里紧靠筑后川的地方，而在那里有一口真正的“徐福井”。

穿过大片农田，在一条小巷尽头，找到一座“金立神社”，它又叫“金立大权现”或“徐福权现”。神社鸟居（山门）旁有一石碑，上刻“徐福上陆地”。神社境域不过十几米见方，神社也只有国内一个交通警察岗亭大，社右一石碑，社左一小房，房内供着约半个真人高的白袍金冠的徐福立像。境内树下还有两根细长的参拜纪念碑，一书“徐福子孙七十一代来町纪念树”，一书“世界郑氏宗亲总会”，都是近年所立。我和妻子恭恭敬敬地对着徐福像鞠躬，算作最新一代华人礼拜这有名有姓有记载的来日最老的华人吧。

在日本，关于传说的徐福登陆之地，从南方鹿儿岛的串木野到北方青森县的小泊村都有，况且传说最盛最有力的是和歌山县的熊野新宫，熊野新宫更有“徐福墓”，在佐贺县的诸富町礼拜徐福，莫不是拜错了地方？我不觉得错，两千两百余年前徐福率领的千余人、或传数千人的大船队，也许是因海流海风之故，分散在日本的数处海岸上的陆呢？也许整个船队先在这里上陆，又整队或者留下一部分人后东航去的熊野新宫呢？徐福在诸富町登陆的传说太美丽太有鼻子有眼，我宁可信其有。

“金立神社”背后就是筑后川。当地人告诉我说诸富是整个一个町的名字，这一带是属诸富町的寺井津，具体到神社近旁叫作“搦”，而“搦”在以前叫“浮杯”。话说当年徐福船队来到有明海冲之岛，眼见陆地和远山，不知在哪里上陆才是继而登蓬莱采仙药的最佳捷径，便在海上放了一盏杯子，祈祷杯子给他指明方向，那盏杯子漂呀漂，就漂进了筑后川河口，又漂了一程，停止不动了，徐福船队跟着杯子到这里停船登陆，地名就成了“浮杯”。

古代日本人是靠食鱼虾贝类为生的，徐福登陆时正赶上这里闹鱼荒，他看到筑后川河岸上长着芦苇，顺手捋了一把芦苇叶投进河川中，那些芦苇叶变成了鱼，而且很快地繁殖起来，解决了住民吃的问题。那种鱼长约六七寸，形状如芦苇叶，名“斋鱼”，又名“芦叶鱼”。那种鱼生活在大陆东海，而日本只有筑后川河口出产。徐福捋下的是芦苇一边的叶子，另一边的没捋，从此这一带的芦苇变成了一侧长叶子的“片叶芦”。我想徐福当年投进河川的不一定是芦苇叶，可能是他从大陆带来的鱼苗吧？我们还去河边找到了几丛“片叶芦”来验证传说的来历。之后，从“搦”也就是“浮杯”开始了有着美丽的传说的徐福之路漫步。

先来到“金立神社”西边四五百米的一个叫作“寺井西桥”的信号灯旁边，找到了真正的“徐福井”，它在一位叫作园田良秀的人的家宅里，家宅外面有块“案内板”，上面介绍说徐福及从人在“搦”登陆后，在诸富地区住了一些日子。他们要洗脸净身要喝水烧饭，就先挖了一口井。两千多年的岁月将井埋没了，大正十五年（1926 年）的史迹调查中又将它发掘了出来，今日就叫成了“徐福井”。

“徐福井”正在园田家的房基上，因此他家特意在墙壁上辟出一块地方造了一个两米来高的“龛”，龛门向外开，供人观看参拜。龛上方悬“御手洗井户”之匾，匾下祭桌上供有生花、酒坛，再探头向前就可以看到井了。井口接近地面，说明它曾被埋没。井中间是盖着的，徐福井直径约一米、深约三米，井后木架上还摆着一些很有年代的瓦片，像是不用说明书地告诉人们那是发掘古井时同时出土的东西。我探着身子去摸了摸它们，心中产生了种摸到秦砖汉瓦一般的感觉。也许它们仅是近代的瓦片，但我愿意相信它的远古。园田良秀家院子里还有一个小小的徐福祠，祠中有个小小的像和小小的“赛钱”盒，我们深深鞠躬，放了点钱，权做供老祖宗一杯酒一枝花。

徐福洗过手净过身，休息了一阵子，缓过漂洋过海的疲劳，该去蓬莱山寻找长生不老的仙草去了。“浮杯”指明登陆地点，但蓬莱山在何方？他向诸富百姓打听，人们根据他说或比划的山的形状和山上该生长的东西，遥指北方的群山说应该在那里，他带人出发了。望山跑死马，到那片山得有二十多公里。喜今有汽车，那距离已是小事一段，我们也出发了。

又经过一大片农田时，我停了一下车，因为我看到农田最右端有一团高耸的大树。凭我的经验，不成林而成团的一堆大树总会围拢着什么，便沿田径小路朝它走去。果然大树丛中有东西——一座很大的新北神社。这里的祭神也跟徐福有关，那些大树遮天蔽日地枝叶繁盛。是楠树，都有数百上千年的树龄，都是文物级的“历史老人”了。

在那里，我惊喜地发现了一棵不是楠树的“历史老人”，是白檀。紫梨花檀和黑檀听说过，见到白檀是生平头一遭。看树下介绍是由徐福亲手所植！此树无其周围的楠树高大，树干已像化石，只最上部抽出新枝，它被鉴定出有两千两百多年树龄（年轮）！白檀生江南，日本唯此有。两千两百余年前，谁能携其来，谁将其植于此？唯有徐福。

人们给徐福指的北方的群山是主峰 501 米的金立山，我们从“新北神社”出来，便直奔其而去。进山前先路过一个叫“千布”的地方。这个地方为什么叫“千布”呢？现在这里铺着平平整整的柏油路，两千多年前可是未开化的地方，到处都是杂草丛林和泥泞，是徐福的先遣队披荆斩棘才开出一条通往山中之路，他们用了一千匹布将路铺平，供后面人顺利前进，也给后来的佐贺留下了一个“千布”的地名。

在“千布”又寻找到一个传说人物：尽管是远古时代，尽管还未开辟出千匹布铺出来的路，在那杂草丛林和泥泞中竟还有一户父女相依为命的住家，父亲叫源藏，女儿叫辰。徐福在登山之前曾在他们家歇过脚，出迎的是父亲，负责招待服务的当然是女儿了。尽管是在荒原圹埌，他们家竟然比较富裕，辰捧出美酒来招待了徐福。“千布”传说中的徐福是秦始皇的第三皇子。于是白马王子、英雄爱美人的故事就产生了——徐福与辰一见钟情。那种故事多是悲剧，徐福有重要任务在身，而且就在那时他又接到秦始皇派人送来的“速采长生不老药，即归”的令符，他不得不说了句“五年后我会再来”。遂与辰依依惜别，奔向征途。辰把“五年”错听成了“五十年”，五十年不死也会成白发老妪，留下的辰就堕入情网挣脱不出来了，她思念、苦闷、忧郁、绝望，殉情了。日本人死后即成神，辰成了观音，叫辰观音。后人为她修了庙，叫辰观音堂。

有学者考证出徐福是黄帝四子忠显的第八十八代孙，说他是皇子王子还算得过去，要说他是秦始皇的儿子，未免牵强；弥生初期的日本女子不可能有个“辰”的名字；日本史载徐福是拖家带口来的，他与辰的故事显见是后人所造，故事编织的有些离谱，但仍不失美丽纯朴。想体会一下这种离谱的纯朴，我们找到了辰观音堂。庙堂有十二张榻榻米大，辰观音像也就一百五十厘米多一点儿高，大概是那时代女人的身长，这倒比较有人情味。辰观音美丽无比，她是金身，但穿的是绚丽的彩裙，那和其他观音菩萨不同，她右手握着鲜花，左手握着一个很大的“德利”（酒瓶），显见她是个温柔多情的姑娘。观音的瓶子应该是盛甘露的，辰观音的“德利”里盛的是美酒，意在表现她曾为徐福斟过酒劝过菜，情深如水……

妻子是最崇拜观音菩萨的，不管是哪方观音都拜，她早跪在辰观音像前双手合掌念念有词了。我则抬头在一面墙上发现两张照片，一张是一位叫原隆一的日本人于昭和六十三年（1988 年），在江苏省连云港市赣榆县金山乡徐福村徐福祠里摄的徐福像。一张是以辰观音堂为背景拍的集体像，是“千布”的居民簇拥着一位穿中山装的老大爷，老大爷胸前大红花下缀着的带子上能辨认出三个字“徐广法”，我看到照片下书“徐福七十代孙，平成2，3，6（1990年3月6日）”。近年的中日学术研究和考古发掘成果令徐福形象越来越真实，有好事人将徐福在故乡的像请来安慰辰观音——辰姑娘那颗期盼的心，徐福的子孙也看到了他们老祖宗在日本的老情人，使那古老的爱情故事越发美丽动人。

辰观音堂稍北的国道31号线旁，有一棵并不苍劲的松树，名叫“源藏松”，那里是源藏也就是辰的家的遗址。据说源藏不仅出迎过徐福，还给徐福当过进山的向导呢。

漫步徐福之路，我们终于来到金立山。徐福找到了长生不老的仙药了吗？找到了。金立山上生长着羊齿草、毛氈苔、黑菭……有着特别的臭味儿且辛辣的黑菭，有着镇痛、止咳、发汗、解热的功能，人们说那就是徐福找到的长生不老药。还有传说是：徐福在金立山中转来转去也没找到仙药，最后却碰到一位正在架锅煮东西的鹤发童颜仙人。仙人问他东转西转找什么哪？他说在找长生不老药。仙人笑道：“你看这锅里煮的是从山谷间老树根下挖出的草，我就吃的它，活了千余年了。说不定你要找的就是它吧。”话毕仙人隐去，将锅中物留给了徐福，那就是不老灵草。

徐福找到并服下长生不老药，同时成了金立山的神，也就没必要复命秦始皇了。徐福成神之后有了金立神社，神社分上、中、下三宫，而我们在徐福之路首端看到的金立神社则是它们的派出所了。

上宫在金立山麓，规模较大，祭神有三位：徐福、保食神、罔象女神。保食神是掌管食物的神，罔象女神是掌管水的神，是日本固有的神，我想将徐福与他们合祭在一起应该不是偶然的吧？“片叶芦”和“芦叶鱼”，是徐福捋下筑后川畔的芦苇叶抛在水中变成了鱼，解决了诸富住民的饮食困难；佐贺县大量的古迹发掘证明正是在徐福时代大陆的稻作传入了日本；有趣的是，徐福在金立神社也是被作为祈雨之神祭祀的，莫不是徐福、保食神、罔象女神在这里三位一体了？将我那三位一体的想法，请教了神社的宫司，他没直接认定，但间接地说现在不管是老百姓还是他们金立神社自身，都认为这里祭祀的唯有徐福了，说徐福不仅是祈雨之神而且是任何神。

徐福成了祈雨之神的传说很古老。直到两百年前，佐贺地区一遇大旱，人们就会到金立神社请出徐福牌位，请上轿子，浩浩荡荡向着二十公里南的诸富、寺井津、搦——浮杯抬去。神之牌位请上轿就叫成了“神舆”，人们更要将徐福“神舆”送出筑后川口，送到当年徐福放浮杯的有明海中的冲之岛上去。日本的老天爷是怕徐福回故国的，所以不得不总在那种示威游行的途中下起大雨。现代人不用向天求雨了，但金立神社还每五十年一次地举行追念徐福的祭典，人们抬着徐福“神舆”，走到诸富——寺井津——搦，最近的一次是 1980 年。我又向宫司请求是否能拜见一下徐福及保食神、罔象女神的牌位，他回说牌位均供在上宫。

中宫在金立山山腰，小而简陋，但也在那里参拜了片刻。中宫之上一二十米处有座“佐贺市立金立教育野营场”，到那里时正遇上清扫野营场的场长山田节和先生，听说我们是中国人，专为漫步徐福之路而来，特地将我们请进了他的木房。他定要我们听一曲录音带放的歌，那首歌名《蓬莱》，是日本歌手歌颂英雄徐福的。山田节和先生还给我们补充了辰观音的故事：每五十年一次从金立神社抬徐福“神舆”去筑后川畔时，“千布”的居民会抬出辰观音送他一程、接他一程。两千多年的爱情，始终如一、坚贞不渝啊！

我们在“佐贺市立金立教育野营场”弃车而行，沿曲曲弯弯的盘山小道徒步去上宫。剩下的高度应是四百米，常做散步活动的妻子还顶得住，缺乏锻炼的我爬半道上就气喘吁吁了。但正是那时我在山中发现了“长生不老药”——绿油油的桃形叶子的黑蕗。我兴奋地连根拔起一把黑蕗，是它给了我精神和力气，让我坚持步行到了上宫。

上宫雄伟巨大，全部石头造。金立神宫与徐福成神同期建立，两千余年不免遭林火雷电损伤。百年前，当地石工中冈民助和其子中冈秀次经两代将上宫造成了石头的。惜上宫最后一道五寸厚的石门紧锁，看不到里边的牌位。我不会阿里巴巴“石门开！”的咒语，我用独眼紧贴门缝儿，按动照相机的闪光，一瞬间看到了“徐福”。

徐福还在金立山附近走过，他往西北走，发现了一个温泉，就是日本最古老的“鹤灵泉”，那里地名叫富士町；他往西走，今日那里有了座蓬莱山，有了个日本有名的武雄温泉。

在徐福之路上漫步一天，下金立山已是暮色来临。我们回家正路过古汤“鹤灵泉”，便在那里泡了一回，泡去了一天的疲劳，泡出我一番神思飘逸。我想回家就将在金立山采到的黑蕗煮了喝掉，求它保佑我活到2030年——我八十六岁时；我想亲自参加那届的金立神社追念徐福的祭典，拖着蹒跚的腿，搀扶着也还健在的老伴儿，再做一回徐福之路的漫步；我想跟上抬着徐福的金色的“神舆”的队伍，想看到“千布”的辰观音——美丽的辰姑娘走出她的小庙依依不舍地送徐福、再欢欣喜悦地迎接他；古老的白檀、古老的徐福井、“片叶芦”、“芦叶鱼”肯定天长地久，让我们再看它们一眼……

八女古坟徐福坟

秦始皇派出寻找长生不老药的徐福，在大海上遇到狂风暴雨，冻成了风寒。他从有明海登陆日本后，跌跌撞撞走进了八女丘陵，还没找到长着仙草的蓬莱山，就昏倒在了那里。当地居民发现了奄奄一息的他，赶紧拾来落叶枯枝燃起篝火、煮来热汤为他暖身。徐福病得实在太重，他只睁开眼睛说了声谢谢，还是死了。人们将他就地埋葬在一座小山之巅，他的葬地叫徐福坟，那山叫成了童男山——这是日本福冈县八女市的传说。

八女是个区区四万人口的小市，但八女茶、八女灯笼、八女独乐（陀螺）、八女人形（娃娃）、端午节挂的大布鲤鱼都在日本赫赫有名，而这些又大多自中国传入。在这么小的市区内，居然有二区划地名叫唐人町——东唐人町和西唐人町，二町中保存了许多几百年前的古老建筑，它们述说着八女的悠久历史，见证早期就有中国人居住于此。

八女茶产在矢部川北的连绵十公里的八女丘陵中，八女丘陵中从西往东排列着二三百座古坟，有的是前方后圆形，有的是圆形的，它们在日本更是赫赫有名。

八女古坟群最西边的一群古坟是石人山古坟和弘化谷古坟，两坟百米相邻，都是前方后圆式的。石人山古坟较大，前面方形台地高 11 米、幅 63 米，后面圆丘高 12 米、直径 63 米。它的墓室内有一个起脊形房子式样的石头棺材，墓室外立着个石头武士，因此叫成了石人山古坟。石人山古坟东数里是岩户山古坟，它的方形台地高 17 米、幅 92 米，圆丘高 18 米、直径 60 米，它的坟中有大量石人、石马。从那里再往东，依此是乘场古坟、善藏塚古坟、丸山塚古坟、茶臼塚古坟、鹤见塚古坟、钉崎古坟、立山古坟、丸山古坟……最后是童男山古坟。童男山上发现的古坟有 27 座，其中一号坟是徐福坟。

入秋的这个星期日，天高气爽，定下和老伴儿出门转转，先由我钻古坟圈子，后请她洗温泉吃生鱼。

日本所谓古坟，大约是指公元 3 世纪至 6 世纪的大型坟墓，多为天皇系和地方君主、豪族之墓，它们构成了“古坟文化”。这段文化最是说不清道不明，天皇系的古坟万万不可发掘，因为有学者研究说那里埋葬的人可能有中国人、朝鲜人、中国系朝鲜人的血统，怕发掘出日本天皇不是日本人就糟糕了。八女古坟群中没有被认定为天皇系的坟，倒是不少被发掘了，但也被发掘出了问题，比如岩户山古坟被发掘认定为古代筑紫国筑紫君磐井生前为自己造的，就引出了问题，因此只发掘了一半。

日本历史上有过一场“磐井之乱”，说的是公元527年大和政权派6万兵去讨伐朝鲜半岛上的新罗国，磐井阻止其行动，并拦截它在朝鲜半岛上的友好国百济的进贡船，于是大和军队先与磐井的军队作战，用了一年半时间打败了磐井。“乱”指地方政权对中央政权的反叛，是大和政权定的。但历史学家和考古学家对岩户山古坟的考证研究得出的结论是磐井代表了九州北部数县的一个独立的九州政权，因此“磐井之乱”不能称为“乱”，只能说大和政权通过打败磐井为代表的九州政权而统一了日本。

我钻过岩户山古坟以东的那些古坟，最后来到童男山古坟。

童男山在县道442号线北百米远，顶高104米。山上共有古坟27座，最上面的一号坟是徐福坟。徐福坟是圆的，直径有48米。坟的内部是一个很大的石室，发掘时曾经有三个石头棺材，后来没了下落。石室入口是张开的，我钻了进去，看到石室左侧立着一个石人，不似岩户山古坟的扁平的石人石马，而是圆鼓隆冬的。再往深处钻去，也看到一个石人，是坐着的，洞的深处进不了光线，辨不出其模样，用闪光灯拍照洗印出照片后发现也是圆鼓隆冬的。两座石像前都供有酒水、树叶，树叶像桂树叶。两座石像前都有“赛钱箱”，看得见有人放了1元、5元、10元、50元的硬币。因为尊徐福是华人老祖宗，我们恭恭敬敬行礼后也放了两枚百元硬币。

徐福坟入口前有块体积相当四张书桌大小的长石头，据说是江户时代八女地方领主为筑城楼拆了不少古坟取石材，那块太重没能搬走。下山前我和老伴儿坐在那石头上面休息了一会儿，坐在那里听到阵阵儿童歌声，顺歌声看到山下对面有座小学校，叫川崎小学校。

八女市童男山的徐福传说来历久远，早有“童男山ふすべ”（童男山薰火）的祭典，1946年，川崎小学校五年级班主任木附光雄，将徐福传说编成了“纸芝居”（拉洋片）《童男山物语》，作为送毕业生的礼物，使“童男山ふすべ”形成了一个固定的祭典。祭典中唱主角的就是川崎小学校学生们，他们每年1月20日[①]都会来到徐福坟前扫墓，拾来枯枝落叶，点火熏烟，由六年级学生列队在那块大石头前表演“纸芝居”《童男山物语》。“纸芝居”共十幕，我将川崎小学校的台词简译记下：

1.朗朗寒空中，袅袅升起一股白烟，这里是福冈县八女市山内的童男山，每年正月二十，你都能看到这股美丽的白烟，它叫作“童男山薰”。

2.两千两百年前，秦始皇统一中国，他是最强的大王，

---

① 本书中公历日期用数字，农历日期用汉字。

他修筑了万里长城，世上没有他办不到的事情。

3. 这大王只有一件担心事：年年增岁，我将死去，有长生不老永葆青春之药吗？

4. 大王招来全国学者，命令他们找到那仙药，搞的人心惶惶，最后有人说出有长生不老药，但它长在汪洋大海东边的蓬莱国。

5. 大王命其最信任的家臣徐福去采长生不老药，徐福对大王说世上并无此药，您还是以善政为国人谋幸福，留下的英名才是不老不死。

6. 大王不听劝告，命令徐福出海了，向东向东，开始海上风平浪静，但徐福心情却沉重如铅。

7. 大海忽然变脸，风起云涌波浪滔天，桅杆断风帆落，徐福乘的船像片树叶似地随波逐流，最后沉没了。

8. 暴风雨过去，徐福奄奄一息地漂落在蓬莱国海滩，这里的村民们拾来树枝树叶，点火熏他，喂汤暖他，终使他睁开眼睛，但他活下来时间不长，最后留下句“我来寻求的不是长生不老药，而是你们的温情，它是用什么都换不来的宝物，我可以死而无憾了”，就永远地闭上了眼睛。村人为他修了坟墓，在坟墓周围熏火为他招魂，那天是正月二十日。

9.今日村人说“我们的远祖徐福的坟墓在童男山”，一千五百年前筑紫之君一族造坟时，一起筑了徐福坟，此坟便是童男山古坟。

10.请看，童男山上又升起袅袅白烟，这是两千年来未绝的圣火，安慰徐福灵魂的美丽的白烟啊，静静地、静静地升起在清澄的寒空中。我们在这烟中，想起祖先的温暖的心，我们发誓永远守护这神圣的火、美丽的烟……

从上面台词中发现八女的徐福传说和日本其他许多地方的徐福传说不一样，它说徐福对秦始皇说善政英名才能流芳百世，它说徐福到日本不是来寻找长生不老药，而是寻找人间温情的，它说徐福是当地人的祖先。

这童男山古坟的位置在八女市大字山内 1281 番，那里的 27 座古坟中，除一号坟是徐福的之外，还有其子孙福永、福万、福寿的。根据考证得出童男山古坟是 6 世纪后期之物，徐福真来到日本，连他的子孙应该是公元前3世纪~公元前2世纪的事，况且在和歌山县新宫市的徐福之墓更有根有据，因此说童男山古坟是徐氏家族的坟墓，被人认为是空穴来风，但也有人说是6世纪的人又将童南山徐福坟隆重地重新建造过，使其变得合理可信。

鬼神事，信则有不信则无。传说与民俗亦是，它比鬼神真实。我宁可信《童男山物语》——童男山传说，是因为它优美。它讴歌人间温情，它教育孩子们尊敬祖先。也许木附光雄老师说的“我们的远祖徐福”是指有血脉相承的人，也许是泛指人类共同的祖先。

“童男山ふすべ”祭典除扫墓、熏火、表演“纸芝居”外，当地妇人会煮来年糕片小豆粥敬徐福、飨来客。我访八女童男山是天高气爽的秋日，没能看到“童男山薰”，上面的“纸芝居”《童男山物语》的台词是后来从山崎小学校求索来的。

我已计划再访童男山，参加纪念徐福的“童男山薰”祭典，看看那袅袅白烟，讨一口热乎乎的年糕片小豆粥喝，体会人间温暖，那小豆粥日本话叫“ぜんざい”写成汉字是——“善哉”。

英彦山传说

英彦山是日本国九州福冈县东南和大分县交界的一座万仞高山，山顶分出南岳、中岳、北岳，它们又被障子岳、黑岩、岳灭鬼、鹰巢、佛来诸山围拢，更呈千山万壑的雄伟之势。英彦山上古木森森，其中一棵“鬼杉”已有1200年树龄，两棵并立的30米高的“夫妻衫”也结发数百年了。英彦山中溪谷幽幽，飞瀑流泉，冷水清冽，温泉热气袅袅，住很远的人都愿到那里汲水饮用或泡澡疗养。英彦山中巉岩、怪石、洞窟密布，引多少人去探险寻幽。那些洞窟中有一个叫作玉屋窟。1400多年前，一位法号叫善正的中国和尚，渡过波涛大海，又攀登高山，住进了玉屋窟。

善正和尚，乃是中国北魏孝庄皇帝的六皇子。拓跋氏建立的北魏王朝，传到第九世的孝庄皇帝时，政权已是岌岌可危，在皇室斗争中，六皇子看破红尘，皈依佛门，取法号善正。公元531年，善正抱着弘扬佛法的热情渡海来到日本，登陆于太宰府，想在筑前国（今福冈县）三笠郡布教弘法。却说在那三年前，这一地区发生过大和政权和九州政权的一场“磐井之乱”战争，百姓生活很不太平，心中尚存余惊，又见善正的穿着从所未见的僧衣、剃度过的光头、语言怪异，他们抵制了他的说教并侮辱了他。正在此时，有佛祖显灵指路，让他登上了三笠郡东方的英彦山。

一日，日田藤山村一个叫藤原恒雄的猎人上山打猎，偶然看到了在深山老林岩窟中穿着藤皮草皮编成的衣服、吃着野果的善正，不禁大吃一惊，问他是何许人也？善正听不懂恒雄的话，但劝了他句莫要杀生。恒雄也听不懂善正的话，仍我行我素打猎去了。尽管恒雄去了，善正并未灰心，坚信恒雄必成正果，他在玉屋窟旁搭了一间草屋，提供给恒雄再登山时休息之用。恒雄经常上山，一来二去日久天长，他们逐渐沟通了相互语言。

又一日，恒雄在山中打猎时，看到一头白色的鹿，他拉满弓弦将箭射了出去。正待他要去捕获白鹿时，从一棵桧树上飞下三只白鹰，一只白鹰用嘴衔出了白鹿身上的箭，一只白鹰用羽毛擦净了白鹿的伤口，一只白鹰用桧树叶子沾水喂给白鹿，转眼间白鹿苏醒过来，跑得无影无踪。这件事令恒雄觉悟到鹿、鹰乃山之神灵，令他想起善正的莫要杀生的屡屡教诲。他扔掉了弓箭，皈依善正，削发为僧，正所谓放下屠刀立地成佛。

恒雄在善正的指点下通晓了佛、菩萨和佛理，将英彦山南岳、中岳、北岳作为释迦、观音、阿弥陀佛来礼拜。他在英彦山上建了一座小祠庙，取名灵山寺，供奉善正从中国带来的佛像，尊善正上人为开山始祖，自己成了二世祖忍辱上人。灵山寺成了日本第一座佛教寺院，累月经年，灵山寺规模由小变大，有说英彦山全山即灵山寺，有说灵山寺变成了今日的英彦山神宫。宏伟的英彦山神宫中藏有的《善正上人与藤原恒雄》图栩栩如生地描绘了善正“葛衣修行”和恒雄“射鹿得道”的故事。

中国有位有名的神仙王子晋，汉时刘向《列仙传·王子乔》中有“王子乔者，周灵王太子晋也。好吹笙，作凤凰鸣”的记述。王子晋本是周灵王的太子，因常常直谏百姓疾苦，而被取消太子地位废为庶人。但他心态平和而洒脱，性情注在自然间，在他漫游伊水洛水嵩山时，学道成仙，驾白鹤吹笙箫，仙游三山五岳，在中国山山水水留下了仙迹。话说某年某月某日，正游住在天台山的王子晋，啪地化作一道金光向东飞去，落在日本国英彦山玉屋窟，变成一块巨大的八角水晶石，它被后人称为水精石。

善正在英彦山修行弘法二十年后回中国去了，在他入住玉屋洞后一个半世纪，一位叫作役小角的行者来到玉屋窟修行，王子晋化金光飞来日本又变水精石之日正是役行者到玉屋洞时。王子晋化成的金光远远地照亮了遥远的帝阙，惊动了天皇，派人沿光射来的方向寻觅，找到了英彦山，后来天皇下令在山上建神宫祭祀。役小角是创立出亦佛亦道、非佛非道的日本独特的宗教修验道的创立者，他大概在玉屋洞受到了水精石之灵气吧。

这役小角在日本可是家喻户晓，他自少年起就开始山岳修行，走遍了全国高山峻岭，故称行者。传说中的他能在空中飞行，能在海面行走，为百姓做尽善事。他曾被人诬陷为

“妖惑”“谋反”而被判流刑、死刑，但斩首用的大刀换了一把又一把却始终砍不动他的脖子。天皇又封他官做，但他拒绝为官，将他生病的老母托在钵中、坐着草蒲团渡海去中国了。

从役小角起，到玉屋窟修行的人络绎不绝。有位法莲上人在那里修行了12年，修得窟中涌水，水中现黑龙，黑龙口中吐出如意宝珠，他将宝珠呈献给了在日本神道坐第二把交椅的宇佐八幡宫。法莲上人呈献宝珠的过程颇为曲折，为此动用了他修得的火咒，使英彦山被熊熊烈火笼罩。有位木练上人在玉屋窟修行了千日，他是卧着修行的，名之“卧验”。他为检验自己修得的能力，曾发“验力”，将洞前两棵粗大的山樱树跟拧麻花似地拧为一体，日人称拧为练，所以人们称其为木练上人。木练上人修行得道后走出玉屋窟，去了许多名山大川，采取边走边修行的方法，所以他又成了木练行者。

有那么多的行者在英彦山修行，使英彦山成了日本修验道三大灵场之一。修验道的人在深山幽谷岩窟中修行，英彦山中有这样的洞窟四十九窟，入山出山、行走于这些洞窟之间本身就是严酷的修行。他们也坐禅也练咒验力，修行出解救百姓疾病困苦烦恼的本事。修验道或验力中的这个“验”字，即使用日语也很难说清楚，只能将它领会成不可思议的超能力。上面所说的躺着修“卧验”的木练行者在一条大河遇到另一位在脊振山站着修“立验”的行者，俩人要隔河“验验”，结果把河中间的一条木船从当腰给“验”两半了，后来木练行者又将木船“验”合拢成了原样。听了这种故事，不由得让人想到今日一些很神奇的“气功”“练功”“发功”。

我在日本，休日爱进山走走，走了几回英彦山，听到了上面这些传说和故事。

查正史，佛教传入日本的定说是自公元 552 年（钦明天皇十三年）朝鲜百济国圣明王向日本钦明天皇赠送佛像、经文（一说宣化天皇三年——538 年）始。传说中的善正登英彦山入玉屋洞是在公元 531 年，比正史早了 21 年（或 7 年）。也许这传说太有鼻子有眼却无正式文字记录，所以未被官方承认。但因日本九州地区距离大陆最近，与大陆文化经济交流最早，这种非官方的私人个体的佛教流入也是可以想象的。

修验道的“验力”传说有点儿神乎其神，修验道本身直到在明治初年的“废佛弃释”狂澜中消失，但它却真真实实地存在了千余年，其中一些著名人物也是有据可查的，还留下许多文物古迹。英彦山灵山寺也在那场狂澜中被解体，成立神社，佛教色彩多半消失。

英彦山中关于源自大陆的传说还有许多，比如说徐福曾登此山，在山中种下长生不老药，还在种药之地种上锯齿草作为记号。后来有人挖到长生不老药，服用后成了仙人。那仙人叫觉仙，就住在英彦山深处的叫千本杉的地方；比如说有个姓李的唐人古琴（古筝）高手曾寓居英彦山唐谷八龙寺，当时的宇多天皇派女官石川色子来向他学习，他将古琴的奏法、曲谱传授给了她。李姓唐人传下的琴成了后来流行在福冈县久留米市的十三根弦的筑紫琴（筑紫筝），那乐曲就是后来的筑紫琴乐曲。唐谷之所以叫唐谷是因为古时曾住过唐人（指唐至清之中国人）。英彦山中还有个地名叫琴引泷（弹琴瀑），是因李姓唐人和山僧送别出师的石川色子时在那里曾和着淙淙流水声弹琴留下的。

英彦山中今日已见不到那些神奇的修验道的行者，但仍能见到许多拄着木杖步行做“灵场巡礼”、山岳巡礼、锻炼身体、休闲观光的人们。英彦山四季常青，更有春夏百花开，秋日枫叶柿叶红，很是赏心悦目，加之英彦山上有许多源自中国优美的传说，因此我喜欢登英彦山。

几次登山都是携妻同往，我们总会到玉屋窟或英彦山神宫的丰币殿取点“神水”喝，玉屋窟的水是龙泉水，传有“一滴治百病，止白发增红颜”之灵。那里山高，提水下山困难，我们便在汽车可达的地方装些山泉水带回家。我们总会去拜拜那“夫妇杉”以祈祷自己和妻子白头偕老。我们以上山下山活动活动腿脚，走得气喘吁吁之后再花几枚硬币在山脚下泡泡温泉，也是比较经济的享受。

贵妃东渡

路北是长满绿树的山坡，路南是个不算大的蓝色海湾，路旁不时闪过“杨贵妃故里”的路标，我驱车来到了“杨贵妃故里”。半圈桂花树一区樱花树围拢着个宽敞的院落，从红漆柱子黄琉璃瓦的门进去，就看到了一尊高高的洁白的杨贵妃的塑像。她面向西方而立，她的面孔当然是美丽的，发髻梳得高高的，上面还顶着一株大牡丹花。塑像台座上有题字说明，它是选四川成都产大理石，经西安国画院院长王西京设计，由西安美术学院刘艺杰制作于西安。这个院落叫“二尊院”，是座佛寺，本院就在杨贵妃塑像背后。寺旁有栋“宝物馆”，花 1000 日元可以进去参观，我在那里看到了木雕的四天王像和释迦如来立像、阿弥陀如来立像，释迦如来和阿弥陀如来均高近 1 米，看似很有年头了，这两尊佛像即是“二尊院”寺名之来由，它们是唐玄宗送给杨贵妃的。

紧贴着“二尊院”之南，那一区樱花树之西，有片高台，台上有数座用石头堆起的小塔，正中一座高 1.5 米，5 层，叫作“五重塔”，这“五重塔”是“杨贵妃之墓”。我去之时，正见一位日本少妇和一位日本女学生，对着塔念念有词地祈祷着什么，是听旁边一位男士说明：很灵的，她们希望自己变得更美丽，也希望生下的孩子漂亮可爱。

我来到的“杨贵妃故里”在日本国山口县长门市油谷町久津，是被一条长长的向津具半岛从日本海围抱出来的油谷湾北的一个小小的湾、小小的渔村。“二尊院”院落中的洁白的杨贵妃的塑像下的说明中，写明了它是仿陕西兴平县马嵬坡之杨贵妃像而制。“二尊院”第55代主持惠学写的“二尊院由来书”中说“唐天宝拾五年，玄宗皇帝之爱妃杨贵妃，乘空舻舟漂流到当村唐渡口，不久去世，由乡里之人寄托，埋葬于本寺境内。”

关于这“由来书”中的这一段，我在当地听到更有鼻子有眼的口头传说：日本奈良时代、唐国天宝末年的一日，向津具半岛西侧的唐渡口，漂流来一艘空舻船。船中有位经风浪颠簸而奄奄一息的美人，她身旁的侍女说她是唐朝天子玄宗爱妃杨贵妃，因安禄山叛乱而被处刑，又被近卫队队长偷偷放了，最终乘这艘船漂流到了这里。乡里之人精心照料了杨贵妃，但不久她还是死了。乡里之人就将其埋葬在了能看到西面大海的久津小山坡上，坟墓就是今日“二尊院”境内的“五重塔”。不知从何时流传说拜杨贵妃墓，会心想事成，因此来参拜的人络绎不绝。

杨贵妃死于中国陕西兴平县马嵬坡，她的墓（衣冠冢）也在那里，灰砖砌，高 5 米，我是见过的。她怎么活着东渡日本，埋葬在这里了？这些传说出自何处？

出自白居易的《长恨歌》，你读读：“六军不发无奈何，宛转峨眉马前死”，说的是唐玄宗的爱妃杨贵妃死于逃避安史之乱的路途中，“马嵬坡下泥土中，不见玉颜空死处”说的是唐玄宗从避难的四川回长安时，要将草草埋葬的杨贵妃重新厚葬，却在原葬地找不到她的遗体了。唐玄宗派道士去寻找杨贵妃的魂魄，经“上穷碧落下黄泉”，终在“忽闻海上有仙山”的“蓬莱宫中日月长”的“蓬莱宫”中遇到了她。“海上仙山”“蓬莱宫”，自然就让人联想到了日本，想到杨贵妃当年在马嵬坡没有死，后来逃到了日本。其实有许多唐诗写到了杨贵妃之死，如杜甫句："明眸皓齿今何在？血污游魂归不得。清渭东流剑阁深，去往彼此无消息。"说的是玄宗贵妃已生离死别。但日本人最认白居易，尤爱《长恨歌》，就这么领会下来了。

关于杨贵妃的遗体，翻阅《旧唐书》，记载有"上皇自蜀归""上皇密命中使改葬于它所。初瘗时以紫褥裹之，肌肤已坏，而香囊仍在"。而翻阅《新唐书》，则记载有"密遣中使者具棺椁它葬焉。启瘗。故香囊犹在，中人以献，帝视之，凄感流涕，命工貌妃于别殿，朝夕往，必为鲠欷"。这"肌肤已坏，而香囊仍在"变为"故香囊犹在"，令后世研究家也生疑，就怪不得在中国甚至日本出现了当年杨贵妃并未死，替她死的是一名侍女，她后来到了日本的种种传说和书著。

我曾在名古屋市工作，去过热田区的热田神宫。热田神宫以前叫热田神社，相传有一千九百余年历史，供奉着日本神道三神器之一的"草薙剑"。热田神宫占地宽广，境内外有本宫、别宫及下属"末社"四十余处，境内千年古树遮天，自古有“蓬莱岛”之称。其“本殿”东侧有座“神乐殿”，殿里保存着原来神宫东门上的一块匾额，黑漆金字，上书“春敲门”,“神乐殿”不开放时可在殿侧草丛中看到一块刻有“春敲门”三字的石碑。顺“神乐殿”旁的幽幽林道向北去，会看到一座“清水社”，那里有方方石块围拢的浅浅一池自宫后涌来的清水，人们都说用此水洗眼眼明，洗手洗脸而肌肤柔润。此清水为什么会那么灵？原来是因为水中凸出一块长满青苔的三角岩石，人们说它是杨贵妃墓。日本镰仓末期到江户末期成书成作的《溪岚拾叶集》《樋河上天浦记》《晓风集》《本朝神社考》《一话一言》中，均明确地或听传言地说热田神宫即是蓬莱宫，热田明神即是杨贵妃，宫内有杨贵妃，宫内林间的五轮塔是杨贵妃墓，后因故而毁，春敲门是杨贵妃别宫的门名。

关于热田神宫与杨贵妃的关系，更有近似荒唐无稽之说，说当年大唐强盛，唐玄宗曾计划攻打日本将其收入大唐版图，那可急坏了日本的神们，于是“八百万神”开会讨论，选出热田明神化作美女杨贵妃，去迷惑唐玄宗，让他乐不思蜀，忘却远征日本的计划。直到马嵬坡兵变后，杨贵妃魂归日本，仍做他的热田明神。今日热田神宫正门——南门西侧，有座“上知我麻神社”，别称“玄太辅舍”，有古代文书记载说它是唐玄宗之墓，这可编的离谱了，是“在天愿作比翼鸟，在地愿为连理枝”闹腾得杨贵妃和唐玄宗都跑到热天神宫来了。

在京都东山泉涌寺内，有一尊与真人等身大的木造杨贵妃的雕像，色彩鲜艳，头戴宝相华唐草纹的宝冠，手中握着一束花，唇上长了两根弯弯的胡须。传说是唐玄宗为祈祷杨贵妃的冥福命人用香木雕制，由泉涌寺留学大明的日本僧人湛海，于1579年带回来的。望着那栩栩如生的雕像，我曾想起《新唐书》中“命工貌妃于别殿”之句，意思是唐玄宗命工匠塑造了一座和杨贵妃真人一模一样的塑像安置在了别殿里，使其能“朝夕往，必为鲠欷”。

历史记载，公元806年，时任盩庢（今陕西周至县）县令的白居易与进士陈鸿、王质夫同游县内仙游寺，谈起五十年前唐玄宗与杨贵妃的故事，引发了白居易作《长恨歌》、陈鸿写《长恨歌传》。周至县内还有座涌泉寺，曾是仙游寺下寺，从隋唐时到今日都是尼姑庵，中国传说杨贵妃从马嵬坡跑出来时先在那里躲避过一阵子。日本的动词名词与中国比，是倒置的，京都的泉涌寺，和周至的涌泉寺实际是同名，而且我打听出京都泉涌寺在以前是叫作游仙寺的。这些同名的寺庙，都与杨贵妃传说有关，实在是个耐人寻味的事。

也是在京都，我们中国人都知道的岚山之北，有一座与山口县长门市油谷町“二尊院”同名的寺院，是个看红叶、紫阳花的好去处，那里的本堂里也供着释迦如来和阿弥陀如来两尊立像，和油谷町“二尊院”的两尊立像一模一样！怎么回事？还得回到油谷町“二尊院”的“由来书”来，它说当年杨贵妃托梦给唐玄宗说她已魂归日本，唐玄宗就派白马将军陈安带着两尊如来雕像和一座十三层宝塔来送她，白马将军没找到杨贵妃，就把雕像放在了京都的嵯峨天皇的离宫中的清凉寺里了，是后来知道杨贵妃葬于二尊院，由日本朝廷令有名的工匠天照春日再造了两尊，新旧各一地分别判给了两处的寺院。丁是出现了两处“二尊院”，保存着一模一样的释迦如来立像和阿弥陀如来立像。

曾想仔细研究杨贵妃东渡日本的真实性或推翻它，但都罢手了，或真或假，传说是优美的，让它流传下去吧。再次去过山口县油谷町湾，湾内有江之岛、女郎岛、手长岛、竹岛等美丽的小岛，把湾内点缀得风光明媚，想找找杨贵妃当年登岸的“向津具半岛西侧的唐渡口”，今日半岛西只有一地名“泊崎”，倒是海湾对面有笠濑崎、观音崎、唐崎。看到唐崎，眼前一亮，因为“唐崎”和“唐渡口”的意思一样，是有中国人登陆或离陆去中国之地。

日本的唐人禅寺和孔庙

宋人百堂上的圣福寺

福冈市博多区有条大马路叫大博多通，马路上有两个相邻的地铁站叫祇园驿和吴服町驿，两驿之间有个巴士站，站名“奥之堂”，但是此站两旁的街名为御供所町和冷泉町，没有叫“奥之堂”的街道名。在御供所町临大博多通的一栋楼的墙下，有一块石碑，上面刻有日文，意思是“旧奥之堂——奥之堂乃博多七堂之一，在宋人所建的下奥之堂，曾住着为官府制作蜡烛的匠人”。

原来“奥之堂”是很老的地名了，原来博多曾有许多叫

“堂”的地名。顺那“旧奥之堂”石碑侧的小路行十丈路的地方，曾有片土地叫“宋人百堂”，那里曾有着宋人聚会、祭祀祖先的堂所和坟茔。原来，自中国唐末至宋代，就有许多叫作“纲首”的做生意的中国人来到博多行商，他们逐渐在当地娶妻生子安居乐业，他们大多居于栉田神社到筥崎宫之间，在他们居住的那一带形成了一条“大唐街”，可谓日本最早的“中华”街。

公元1151年九月二十三日，发生了日本史上有名的叫作“仁平大追捕”的大事件：统管九州的官府大宰府的“检非违使所”派五百骑兵对在日中贸易起着重要作用的筥崎宫和博多进行了一次大追捕，他们抢走了筥崎宫的宝物，也抄了“宋人王升后家千六百户”。“宋人百堂”在那次大追捕中遭到洗劫摧毁，就变得荒芜了。

“仁平大追捕”44年后的1195年，一座恢宏的寺庙圣福寺，在“宋人百堂”的废墟上出现。你看，它的敕使门前两侧各立一石碑，分别刻字为“史迹 安国山圣福寺”“敕愿所扶桑最初禅窟”，使人一目了然地知道它是日本第一座禅宗寺院。有的人管它叫“唐人寺”，那是有来历的：

1168年早春二月，博多湾沙滩上来了一位身材矮小、头顶方扁的年近二十八岁的青年僧侣，手搭凉棚，用双细细的眼睛向海湾外眺望，企盼着能有大宋商船出现，想搭便船去中国明州天台山，深造佛教天台宗的经典学问。他叫荣西，生于备中国（冈山），十九岁受戒，然后到了天台宗的大本山比叡山修行。修行三年中，他看到的是日本政局混迷不安和佛教的退废，为此他下了山，立志要渡海入宋上天台宗大本山——中国浙江天台山去学习，辗转八年后来到了博多。现在他面对大海在呼唤：任是赴汤蹈火也在所不辞，唯愿到天台山取得天台宗真谛！

好志气！荣西背后传来一声赞叹。回首一看，见是一位锦衣官人，衣是宋服，说的却是流畅的日语。

一番寒暄，荣西得知其人是大宋国通商代表兼翻译官李德昭。李德昭对他说：“我知道现在日本不准私人出海，但我相信你的意志和神灵。据我所知，要到下个月底才会有宋船来到，先生不妨在这里住下等等，有船来的音讯我会告诉你，我还可以给你介绍常来往于明州的朋友张国安，让他给你渡航的帮助。不过，适才听到法师发誓要去天台山取天台宗真谛，你可知道近年天台的变化吗？如今大宋寄于江南一隅成为南宋，南宋兴禅，天台宗的总本山天台山、阿育王山的寺院大多变成禅林寺院了。”

荣西先对李德昭愿鼎力相助表示感激，但对南宋兴禅的变化发出了一声“哦”，随后说出了:“我也应该学学新知识。”

荣西跟着李德昭走了，又通过他认识了纲首张国安。1168年阳春四月，荣西终于在博多宋人的帮助下乘宋船来到了明州(宁波)。他用四个月的时间到浙江天台山和阿育王山的多处名刹巡礼求法，出山时肩上背了天台新章疏三十余部六十卷，脑中还装进了禅宗的基本知识。九月里，荣西回到日本，先去了比叡山，将书籍六十卷送与天台座主明云，明云只称赞他在大宋宣扬了日本天台宗的名声，但对他带回来有关禅的新兴宗教思想，大本山并不欢迎，因此他仍然受到冷遇。

此后，最大的战乱——日本两大武士集团源家和平家的“源平大乱”发生，荣西的家乡正是源平合战的接点，为躲避战乱，荣西又来到博多湾上的今津。大唐街上的宋人纲首李德昭和张国安等人经常去看望荣西，他们支持了荣西于1187年四月，再度登上去了去明州的宋船。

这次，荣西拜在天台山万年寺主持——临济宗黄龙派第八世祖禅僧虚庵怀畅门下学习，打坐修禅四年余，而当虚庵做了明州天童寺主持时，荣西也跟了去。终于，虚庵将法衣、应钵、坐具、宝瓶、仗柱、白拂传给了他，他嗣法为临济禅宗黄龙派第九世祖，是为释伽正脉第五十三世。1191年秋，荣西奉着虚庵怀畅的衣钵、冠以他赐予的法号——明庵，乘坐宋人纲首杨三的船回到日本。

归船驶抵的是肥前平户苇之浦（今长崎县平户市古江湾），荣西先在那里由信仰者筑起的一小院“富春庵”住下，按照宋朝禅风教人修行戒律。“富春庵”内有一块四尺见方的石头，荣西在那上面面对明州坐禅有年，竟将大石坐陷一个坑。终有一天他悟出：“大哉心乎！天之高不可及也，而心出乎天之上。地之厚不可测也，而心出乎地之下。日月之光不可逾，也而心出乎日月光明之表。大千沙界不可穷也，而心出乎大千沙界之外。其太虚乎，其元气乎，心则包太虚而孕元气者也。天地待我而覆载，日月待我而运行，四时待我而变化，万物待我而发生，大哉心乎……学之诸乘通达，修之一生发明，外打涅槃扶律，内拼般若智慧，盖是禅宗也。”

我曾去过平户古江湾，那小院“富春庵”已不复存在，只在原址上新修了一道院墙作为象征。但是那块命名“坐禅石”的大石头仍在，我上去坐下，没五分钟就被硌得屁股腿生疼地爬了下来。啊，能悟出“大哉心乎”何其易！

荣西二次渡宋归来的三年后，与另一位宣扬禅教的僧人大日能忍一起向朝廷提出欲在京都创立一座禅教寺院，但由于比叡山天台宗大本山众徒的反对和告状，朝廷宣旨停止了荣西和能忍的禅教布道。

此时老朋友博多纲首张国安向他伸出了援助的手，他提议道:“博多有块土地，名叫宋人百堂，是我们中国人各姓各宗集会和按家乡习俗建立的祭祀祖先的堂所，各堂祖坟也在其内。四十多年前的安平大追捕，大唐街遭洗劫，惨不忍睹，宋商分离，百堂亦焚，荒废无人，杂草丛生。今虽有我等回归大唐街，但回想往事，犹如噩梦，不堪回首，谁也无心再兴百堂。如能在那块土地上建立一座禅刹，日人欢迎宋人也会欢迎，宋人兴禅，那将是我们毁不掉的百堂。我会说服大家献出它来作为基础，营工经济问题也不必担心。只是批地权力还在上面，你只设法取得政府同意就行了。我想你只要不提建纯粹禅寺，应是没问题的。”

荣西听后向权力者将军源赖朝打了个后世称为“荣西言上”的申请报告，大意是说为了祈祷将军家的安泰、镇护国家、退散天灾人祸，想在已经废弃了的宋人百堂上创立一座寺院。这回的报告很快得到了批准。

1195 年，在荣西的信仰者和博多宋人纲首们、工匠们的支持和努力下，一座由荣西开山、完全宋朝建筑风格的寺院——安国山圣福寺，于“宋人百堂”废址之上落成了。1198 年，荣西写下了具有代表性的禅论文《兴禅护国论》，他的思想终于得到朝廷的认可，后鸟羽天皇下赐给圣福寺敕额《扶桑最初禅窟》，圣福寺从此被誉为日本第一座禅宗寺院。1205年，荣西成了京都最初的禅寺建仁寺的开山住持，因而成了日本临济宗的门祖——千光国师。

我们去圣福寺看看吧。进得寺内，但见古老的楠木满庭，庭间幽径被取名“仙厓散步道”，是告诉你江户时代以画幽默禅画著名的仙厓义梵曾是当寺住持，随路可找到他的坟墓。先随那散步道来到一座小石桥，桥两侧各是一池清水，两侧清水连起形似一个葫芦，它叫作“天染池”。圣福寺内并无溪水流淌，何来此小桥流水状？荣西首次渡宋时曾越过郁郁葱葱的赤城山，来到云山雾罩的天台山，按照路人指点迎着一座隋塔为目标找到了五峰围绕、双溪回澜中的国清寺。原来这“天染池”乃是荣西在天台山国清寺看到的“双溪回澜”的印记，它今日之水出自一座小假山中的水管造出的瀑布。过小石桥，便是圣福寺的山门。曾见如牌楼般的山门，曾见如门楼的山门，但圣福寺的山门尤似一座雄伟的大殿！那里面有千手观音和十八罗汉像。这山门于1911重修过，但也保持着原来的宋代古朴风格，至今年正好是风雨沧桑百年了。

山门的后面是称为佛堂的大雄宝殿，那里供着自圣福寺伽蓝初立的本尊释迦、阿弥陀、弥勒三佛像。那几尊佛像在历年的战乱中曾有损伤。大雄宝殿一般不对外开放，但将眼贴到门窗楞上能看到他们，2006 年看到了镀金重塑开眼的丈六阿弥陀像，2010 年丈六弥勒佛开眼，丈六释迦佛将于 2012 年夏天开眼。我曾通过门窗棱用相机拍下一块额匾，洗印出来竟发现上面是日本黄檗宗的门祖、中国禅僧隐元的题字。现在你去大雄宝殿，会看到它被正在搞修建工事的脚手架和网棚罩着，一两年后网棚会除去，你将能看到雄大了一圈儿的新佛殿。所有这些，都是为了 2014 年的纪念荣西圆寂八个世纪的法事——“荣西禅师远讳八百年大法要”作准备。

却说荣西首次从天台山下来归国时，正值赤日炎炎似火烧的夏天，途上中了暑，被路人扶进路边的一间茶室。他被店主劝饮了一杯热茶后，顿觉气血舒畅目醒心静，不由得惊叹那饮料为良药，店主告诉他说那是在本山采到的“云雾茶”。他二次入宋时间长，有暇研究了解茶叶的种植、养育、摘采、熏制，学习了茶道。在他再度归国时带上了茶种，将茶种播在了平户古江湾、今日福冈县和佐贺县交界的脊振山和圣福寺，再由跟他学禅的明惠上人将他的茶种播到了京都北洛的姆尾，又将姆尾茶移种到宇治……荣西晚年两易其稿完成了巨著《吃茶养生记》，总结发扬了饮茶的功能为供茶敬佛、接客、醒神、养生。他以饮茶醒神可以驱散困乏集中精神坐禅推出了“茶禅一味”，形成了日本禅宗的风格。因而他被誉为日本的茶祖。当你今日在圣福寺内散步幽径时，会看到它的山门、佛殿、钟楼、本堂、堪忍地藏、庭园、名人墓地……你还会发现一株2008年栽下的茶树，它是从脊振山那边移植过来的，它在述说上面的荣西成为日本茶祖的故事。

还是却说，经常援助荣西的宋人纲首张国安，在圣福寺修建的第二年，对荣西说起一段逸事：“还是在宋乾道九年七月，我参拜临安府灵隐寺时，面会了佛海大师。他当时对我说起佛法会东渐，二十年后会有东方上人渡海来中国，承嗣禅宗传到日本。现在算来，二十年刚过，难道这东方上人不就是说的你吗！”

荣西想：“大日能忍倡导禅宗，但没有渡海；觉阿渡海了，见到了佛海大师，也带回禅教学问，但未做布教活动。那么我是谁？我是那个东方上人吗？那么我也断言，经我传来、开始的日本禅宗，必将在我死去五十年后繁荣昌盛。”

荣西有透彻的历史眼，是个大预言家，他死后五十年，又一座恢宏的禅寺承天寺出现在圣福寺近旁，又一位国师级的高僧圆尔弁圆出世，又一个比他与宋人纲首李德昭、张国安的友谊更加生动具体的故事展开。让我们参观完圣福寺再去承天寺看看吧。

大楠爷和承天寺

福冈市古称博多，百余年前博多成了福冈市的一个区。博多的土地上生长着许多树干苍劲、枝叶茂盛的参天古楠树，其中有一棵仅存树干苍劲、没了枝叶茂盛但却留有名字的，叫作“大楠爷”。“大楠爷”在御笠川畔、博多驿前一丁目邮便局侧，它曾是1280年为陪伴同年筑起的一座坟墓而植下的一株小楠树。经过七百多年的日精月华，小楠树的根基长到有五六抱粗，竟把坟墓给严严实实地包容了进去，它成了“大楠爷”，成了那坟墓的象征。

“大楠爷”包容着的坟墓里埋葬的是谁？请看树北一块于1833年矗立的石碑，那上面刻着长长的日式文言汉字，用现代汉语可简述为：此处是谢太朗国明的墓地，他是宋临安府人，在博多讨了日本人妻子，于三十五岁时归化为日本人，但却始终穿宋服戴宋冠。他在博多拥有大片土地，甚至拥有海湾外的小吕岛作为贸易中转基地。他在地面上官商两界都有面子，比如说大宰府权力者藤原资赖、商人满田弥三右卫门等都是他的朋友。他很敬佛，曾创立宏伟的寺院；他心地善良，经常以金钱和食物施舍救济贫民；他精通针灸，不仅治病救人，还毫无保留地将针灸医术传授给日本人，他享年八十八岁。

博多是遣唐使船的出发港，安史之乱后日本朝廷废除了遣唐使制度，但紧跟着唐末的船商来到博多，拉开了中日贸易序幕。这些船商被称作“纲首”，他们在博多行商娶妻生子，安居乐业。到中国的宋代，有着二三万人口的博多住着这样的大小纲首和他们的被称为“侨生”子女有三四千，他们集中居住的一片街道被称作“大唐街”，那是日本最早形成的“中华街”。“大楠爷”包容着的坟墓中长眠的人，是曾常年生活在“大唐街”上的一位大纲首，名字叫作谢国明。

“谢国明碑文”原文中有句话“斩刈荆棘创立业天精舍请圣一国师为开山祖师焉”，说谢国明归化六年后某日的一次邂逅，展开了他为博多做出的一番轰轰烈烈的伟业。

那天，博多商人满田弥三右卫门急匆匆地跑进谢国明家对他说：“我认识一位僧人，叫圆尔弁圆，今年三十一岁，骏河安部郡藁科人，是咱们这里圣福寺开山始祖荣西的高足荣朝的弟子。他来到博多已一年，想伺机渡宋学习禅教。不料有太宰府宝满山法相宗的有智山寺学头僧义学要阻拦他去，近日又计划谋害他，他察觉后躲进了离这里不远的矢食门圆觉寺。有智山寺势力强大，且有僧兵，圆觉寺怕也抵挡不住，所以我想找你帮忙搭救一把。”

为人豪爽的谢国明听罢满田弥三右卫门的话，立起身来说：“如此好学之人应该帮忙，你的朋友就是我的朋友，赶快将他接来我家住，追者想不到他会在我处，即使知道了也谅他们不敢来搜我的家，待我找船载他渡宋。”

满田弥三右卫门要的就是这句话，转身就把圆尔弁圆神不知鬼不晓地接了过来，谢国明和圆尔弁圆初次见面了。通过谈话，谢国明知道了圆尔弁圆不凡的经历，发现他的确满腹学识、年轻德高，不由得对他敬重万分，便虚心向小自己十岁的他讨教人生哲理。圆尔在谢国明家住了两年时间，最后谢国明皈依了圆尔的人格和信仰，圆尔也能流畅地使用汉语了。

1235 年四月，在谢国明的经济援助下，圆尔带上神子荣尊、随乘坊湛慧赴宋求学，满田弥三右卫门也同伴前往。为了避人耳目，谢国明为他们出资在博多西边的平户港安排的船，一帆风顺，十日抵明州（宁波）。一行人先登天童山和天竺寺谒见痴绝道冲、柏廷善月等大师。然后到了临安（杭州），往返于净慈寺和灵隐寺之间问法，圆尔最后拜于天目山东北的径山的无准师范门下。无准师范是四川绵州人，任兴圣万国禅寺主持已近二十年，因给理宗皇帝说禅，获钦赐“佛鉴丹照禅师”位。他见圆尔好学、器量非凡，当即收其为侍者，置于身边亲切指导。圆尔对师父更是信赖尊崇，朝参暮请孜孜不倦。这期间谢国明趁来宁波做生意，常登径山看望园尔，也认识了无准师范。

1241 年正月，无准师范赐予圆尔法号圆照。三月一日，他对圆尔说：“汝已来宋六载，学海无边，赶快回日本去吧。将佛祖之道在那里发扬光大，必将波涛壮阔，立幢无数，使佛祖遗芳流传永世。”说后将佛祖宗派图、法衣、禅杖授予他。无准师范知道圆尔从人湛慧先行回日已在太宰府横岳创建崇福寺等待他回去开山，还挥毫写下“敕赐万年崇福禅寺”八字交予圆尔。“敕赐”是帝王下赐时方能用的字，圆尔对那两字不解，无准师范告之：“汝必为帝王之师无疑。”

圆尔返日不如入宋那般一帆风顺，途中碰上了狂风巨浪，同行的三只船竟被大海吞没了两艘。他在剩下的一只船中一心念诵求筥崎八幡大神保佑，总算漂流到了高丽国耽没罗阿私山下。最后是五月发明州，七月方抵博多。

在博多迎接圆尔的是年届五十的谢国明和他请来的张四、张兴、日名鸟饲二郎的张英等宋商纲首，他们在栉田神社旁的来迎院为圆尔接风。他们看到了无准法师手书“敕赐万年崇福禅寺”额幅，听到圆尔海上遇难，听到圆尔的学禅心得，也听到了无准法师的“立幢无数”、即兴建一座座禅寺之语。听到那里，谢国明说：“我心中早有建一禅刹之意，由你开山。前几年大宰府大贰藤原通赖去世前，曾同意批我一块土地，现在你回来了，就将愿还了吧。建寺资金不必操心，全包在我身上，还有诸位纲首支持呢。伽蓝落成之前，你还是住在我家吧。”

说动工就动工，广筹善款，调用中国江浙工匠工艺，精心监营，于次年秋在栉田神社偏东、圆尔的师祖荣西五十年前开山的日本首座禅林圣福寺南，建起一座气宇恢宏的宋风禅寺——承天寺。

圆尔在承天寺建筑期间寄居于栉田神社旁的谢国明家。一日，圆尔出门往北散步到福崎浦（今西公园附近），口中干渴，喜见一茶店，却刚打烊。店主栗波吉左卫门见其虽体小貌细，却是气质非凡，破例重新开门，殷勤献茶。圆尔大悦，喝罢茶劝店主说:“这大唐街上宋人家中常以点心佐茶，我在大宋学到了一种放甜酒的馒头制法，可教与你，定能促你店商卖繁盛。”店主当即叩请秘授工艺，并求得圆尔挥毫写下“御馒头处”四字看板。圆尔此举是为日本馒头之始，那看板在近七百七十年后的今日，存入了福冈市教育委员会，在承天寺内也立有“御馒头处”之碑。

也是承天寺建筑期间，圆尔从他本师来信中得知他学习过的大宋径山兴圣万国寺遭遇火灾，他赶紧报告谢国明请他设法援助。谢国明即刻解囊购置千枚上好桧木用自己的船队并联合其他纲首大船，火速运往江浙港口。后来无准师范致感谢状给圆尔，特意感谢大施主谢国明，那感谢状被命名为“板渡之墨迹”，今以日本历史发展的珍贵资料存于东京国立博物馆。

还是承天寺建筑期间，博多发生了一场严重的瘟疫，许多人病倒病死。圆尔来到栉田神社进行祈祷，然后坐上一架施饿鬼棚，由人抬着在街中遍洒圣水，驱退了瘟疫。那抬施饿鬼棚在街中洒圣水的形式被传统化，形成了至今每年七月一日至十五日的祭节——博多祇园山笠祭。今日的承天寺门前立有“山笠之发源地”的石碑，每年山笠祭从栉田神社开始的“追山”都要先跑到承天寺转一下才奔跑起来，那是为了向后来成了圣一国师的圆尔和承天寺报告和表示感谢的。

1242 年九月，承天寺在圆尔弁圆的主持下举行了开山大典。寺内香火缭绕，嘉宾满堂。庆事中圆尔再三对谢国明表示感谢，谢国明谦虚地说：“哪里哪里，倒是大师在日本弘扬禅道功高万丈，亦令吾等海外宋人有了精神修养之地。伽蓝已矗，今后还得维持寺务开支和僧师们的生计，我已买下筥崎八幡宫社领野间、高宫、原等土地，现在奉献给当寺。”

“这让我怎么敢当，您为建寺已破费万贯。”圆尔诚惶诚恐至极。

“不。我已五十岁了，尚有家业事业和坚粕等地的土地，物质上已无更甚的企求。我看欲阻止你渡宋学习禅教的太宰府法相宗有智山寺的义学仍对承天寺的创建耿耿于怀，我们必须加强自己的实力才是。”

圆尔接受了谢国明的善意，他确实深深感到来自有智山寺的压力。他的师祖荣西五十年前创建了日本首座禅林圣福寺，但由于旧有宗教势力的强大，禅宗还未形成可与其他宗派并驾齐驱之势。而这两三年中，先是随圆尔一起渡宋的随乘坊湛慧在法相宗重镇有智山寺眼下鼻前创建崇福寺，又有神子荣尊在肥前川上村创建兴圣万寿，继而有了承天寺。圆尔连开三山，他所弘扬的禅宗精神日益深入人心，禅宗在博多或者说在日本牢牢地扎下了根基，这是旧势力不愿看到的。圆尔接受了谢国明的诚意。

那位有智山寺的学头僧义学果真按捺不住了。他扬言：“日本东有京都大本山叡岳，镇西一圆唯我内山，其他邪道岂可容焉！”他一边向朝廷奏本要求破弃承天寺，一边计划要阴谋诡计陷害侮辱圆尔：太宰府的观世音寺每年正月初七举行“追滩祭”，是日，寺人捕捉往来行人，将其头蒙鬼面、身着彩服，名之“滩鬼”，辱之于殿庭前，唤男女执棍杖击之，是为打鬼，即“追滩”。1234年的正月初七，圆尔弟子崇福寺住持湛慧，有事出门要经过观世音寺，被义学布置的人抓去当作“滩鬼”打，原本那打鬼是象征性的，但湛慧却被打得个头破血流。

湛慧找到圆尔说：“打在弟子之身，辱在师父和我禅宗之面啊！此理不可不争。”然后遵圆尔不必与其强争的嘱托到京都朝廷依理告状了。湛慧在京都见到了公卿二条良实及其夫摄政王九条道家，他在依理状告义学的同时介绍颂扬了圆尔。九条道家甚开明，听得湛慧陈述有理有节，本人也有学禅之念，当下回言：“我也接到了学义的状纸。我大日本本是神道之国，既已融进佛道，为何不能让它百花齐放呢。我会奏请天皇敕封承天寺和崇福寺升格为官刹。请转告圆尔，几时请他上洛来给我讲禅，我也想建座禅林呢，名字都想好了，叫东福寺，请他来开山。”

湛慧回到博多向圆尔汇报了上洛结果，圆尔不由得惊服尊师无准师范的高瞻远瞩，拿出那幅“敕赐万年崇福禅寺”

条幅，叫湛慧高悬在崇福寺门额上。从此，有智山寺学头僧的挑衅得以收敛。圆尔到京都给二条道长讲禅去了，二条道长开基的东福寺开了山，做了住持，成为“圣一国师”。

1248 年，承天寺毁于一场无名之火。圆尔匆匆由京都赶来，恳望谢国明再建承天寺。豪爽慷慨的谢国明看在圆尔的面子上，竟于一日间修复殿堂十八宇、几月间又恢复了寺院原来恢宏面貌。一日间修复殿堂的史记未免夸张，它被日本人承认，可以说明七百七十年前博多大唐街上谢国明等纲首的财力之强大，可以说明当时博多宋代建筑工匠工艺之发达。

谢国明善事做得是无尽无休的。圆尔去了京都，承天寺自有其他方丈主持，但寺务经济仍是谢国明在维持。他虽居住于栉田神社旁，身影却常在承天寺出现。有一年，因天灾人祸，博多整个不景气，民不聊生商不成市。到了大年三十、即大晦日之夜，许多日本穷苦民家竟连年夜饭都准备不出来。大家聚在一起商量也找不出办法，最后有人嚷了一句:“找谢国明谢纲首去呀！”于是町民们前呼后拥地奔向承天寺。

谢国明没有回家去吃年夜饭，他正在承天寺里挑灯夜战地工作着。山门外的喧闹声传来，他立刻提着灯笼将町民们迎进一间仓库。只见库内几个僧人正在一个大案子上擀制灰色的面条，墙角里还堆着小山似的白白的面粉。

谢国明招呼道："诸位，我知道大家今天过年难，人多准备不出好东西，这是荞麦面，却也可充作驱厄免灾的过年面条。这东西白水煮过，蘸点盐巴酱油就行，今晚我也吃它。咱们拿它把这除夕凑合过去，我相信开年准会时来运转。"

町民们都吃到了荞麦面。他们没想到那么做那么吃法的荞麦面竟是又好吃又解饿，他们更没想到次日的大年初一天空大晴、凑港（博多港）里突然驶进十几条巨型唐船。唐船从中国带来大批物资食品。町民们高兴地唱起"千艘进，万艘进"的祝歌，博多又恢复了景气。

从此，谢国明赠予的荞麦面被博多人称作"过年荞麦"和"好运荞麦"，今日日本人除夕必吃的"年越荞麦"即源于此。

谢国明上年纪了，已经不起海浪颠簸地往返于日本与祖国之间，但他依然以自己的财力支撑着承天寺。有着宋人纲首实体上的运营，有着成了圣一国师的圆尔弁圆的法房存在，有着历届高僧主持，承天寺及它的末寺得以兴隆繁盛、香火不绝。它和五十年前开山的圣福寺一起发展，令博多和大唐街的居住形式起了变化，令博多具有了都市意义。它在宗教信仰、文化传播上，在日本外交史上都起到了重要的作用，它推动了宋商贸易和他们地位的变化，带动了日本人的博多商人的抬头。

我们没有忘记谢国明帮助过的商人满田弥三右卫门吧?他随圆尔入宋后，钻心学习了江浙和广东的纺织印染技术，带回到博多。在圆尔的建议下，采用佛具金刚杵和华皿的形状为图案，织出一种独特又绚丽的织品。他的后人又去中国留学，回来后和一位叫竹若伊右卫门的商人合作，将那织品工法改良，加入浮线纹和柳条纹，成功地制出很厚的织物。那织物就是今日名负日本的博多织。满田弥三右卫门在中国学到的技术不仅仅是纺织印染，还学到朱烧、箔烧、麝香丸和素面的制法。他将素面的制法教给了一个叫富田备前的人，从此富田家代代相传，成了日本素面的元祖。满田弥二右卫门的坟墓就在承天寺。

1274年的谢国明已是八十二岁，在那个年代算寿星了。他活过了日本镰仓时代的大半，活过了中国由宋到元的改朝换代。他见识到了是为“文永之役”的那年忽必烈大军发兵打进了博多，也见识到了吹散“元寇”的“神风”。1280年，八十八岁的谢国明合上眼睛，寿终正寝。他听说了去年元军攻破崖山、宋帝溺死、大宋国灭亡了。他没有看到次年第二次忽必烈大军开进博多湾和第二次“神风”。但今日承天寺内保存了当年元军战舰系船的碇石。

大唐街上的宋人和博多的日本人将他隆重地埋葬在承天寺的领地中，在他墓旁栽下了一棵小楠树苗。经过七百多年的岁月，长成了今日这么茁壮的“大楠爷”。到了近代明治年间，“大楠爷”遭到落雷引起火灾，慢慢地枯去了上半截，所以没有了茂盛的枝叶。但是，你去看看吧，后人又在“大楠爷”旁栽了棵小楠树。那小楠树的根和“大楠爷”长在了一起，今日它的枝叶已可用茂盛来形容了。

唐三寺或四福寺

长崎是座洋溢着浓厚的异国情调的城市，异国情调包括宗教、建筑、文化、风俗、语言、饮食，又可分欧洲情调和中国情调两大类，中国情调的想先介绍一下唐三寺。

长崎有一片街道叫作寺町，长三里，却接踵毗连着十五座寺庙神社，其中有一座中国人建造的纯中国风的兴福寺。走进兴福寺朱红色山门，先见一片绿色草坪，草坪后的大雄宝殿恢宏壮观，里面供着释迦如来、观音、地藏诸佛诸菩萨，仪态或端庄或慈祥或庄严，栋梁上栩栩如生地雕刻着人物鸟兽图，大殿正中悬挂着一盏两米多高的八角琉璃灯。大雄宝殿右侧，有座雄伟的妈祖堂，里面供着由两位天人奉侍的金身的妈祖娘娘，妈祖娘娘的身前站着千里眼、顺风耳二神。妈祖堂内还有关帝、关平、周仓、三官大帝（天官、地官、水官）等神像。兴福寺境内还有造型美观的钟鼓楼，保存着长崎曾有过的“三江会所”、能容纳数千名来长崎做生意的中国人居住的“唐人屋敷”、祭祀孔子的“中岛圣堂”的三座大门。兴福寺非常有名，它的大雄宝殿和旧唐人屋敷大门是日本的国家级重点文物保护单位，其他建筑物都是长崎县的重点文物保护单位。

长崎有许多高耸而精美的天主教堂，自十五世纪中叶传入日本的天主教，在日本尤其在九州有过迅速发展，也受过禁止和迫害。1587年平定了九州的战国之雄丰臣秀吉，听到日本人天主教徒有十万，令九州地成了个基督世界，看到了长崎和近邻各地神社佛寺遭涂炭而教堂林立，觉得不对头，便于次年发布了“追放令”，要驱除在日基督会的传教士们。基督会来了个阳奉阴违，只撤走了十几名传教士，却剩下一百一十多名传教士潜伏到在教领主的地盘搞地下活动。丰臣秀吉还于1596年下令从京都大阪抓了二十六个天主教徒，都砍掉一只耳朵，再拉到长崎一个叫西坂的小岗子上，绑在十字架上杀了。丰臣秀吉死后，进入德川幕府时代，天主教徒又发展到七十万人，德川家康将军于1612年发布了“禁教令”，强令日本天主教徒改宗敬神信佛，不改的格杀勿论，火刑、水刑、斩首、拦腰锯、倒过身吊、磔，还拉到云仙火山口上去烤！就那样仍有偷偷信教的，有的教徒在佛教信仰的观音菩萨身上刻了个十字架，当圣母玛丽亚供着，以蒙混过关，那像被称作玛丽亚观音像。这样一来，搞得日本官府要严厉检查来长崎做生意的唐船（中国船）有无携带圣经圣像，常将住长崎的唐人（中国人）持有观音像，供奉保佑海上安全的妈祖娘娘的来长崎做生意的唐人，误作打击取缔和逮捕对象，造成惨剧。

因而长崎的唐人常相聚商量该有个自己烧香敬佛的地方，证明自己是虔诚的佛教信者，免遭被当作天主教嫌疑，该有个供奉妈祖祈祷海上安全的地方。终于在1620年，一位叫欧阳云台的人献出一片土地，一位四十五岁的江西饶州府浮梁县出身的叫刘觉的人，放弃买卖不做，削发为僧，自起法号真圆，在那片土地上创建了长崎首座中国寺院兴福寺。

真圆并非受戒过的和尚，初建的兴福寺只是个结草为庐的小庙，小庙来不及塑造佛像，先供了尊保佑海上安全天后娘娘妈祖像，从此开长崎中国佛寺特色——禅寺里都有座妈祖堂。十二年后，长崎唐人请来了江西建昌府建昌县的高僧如定——默子禅师，成为兴福寺第二代住持。在他的时代里，完成了诸堂伽蓝——天王殿、大雄宝殿、观音堂、钟楼，当然又给妈祖修了更漂亮的堂。因此人说兴福寺是真圆创建、如定开山。兴福寺建造得越来越恢宏壮观，越来越绚丽多彩。除释迦如来、观音、地藏诸佛诸菩萨外，还给妈祖娘娘配备了两位天人和千里眼、顺风耳二神，还新添了关帝、关平、周仓、三官大帝（天官、地官、水官），使禅寺中添加了不少道教色彩。

兴福寺历代住持均是从中国本土请来的高僧，舍财营造兴福寺的代表性的大施主有欧阳云台、何高材、陈九官、王心渠、张泊、张维恒、陈延诤、陈瑗、何其良、今村太兵卫（唐人后裔）等。除何高材是福州人外，他们大部分出身于江南（皖南赣北）、江苏、浙江三地。因此兴福寺是这三地人的菩提寺，寺内有此三地人的墓地；也因此兴福寺也叫作三江寺、南京寺；也因此后来长崎延续出现三江系、三江会所、三江帮的名词和团体。今日兴福寺保存的长崎曾有过的“三江会馆”大门上的门匾。

兴福寺第二代住持如定不仅会念经，还懂造桥技术，他在山洪来时会泛滥的中岛川上建了一座双孔石拱桥，就是今日长崎城市象征之一的眼镜桥。他将造桥技术教给了日本石匠，此后九州出现了千余座各式各样的眼镜桥。兴福寺第三代住持逸然擅画，他教出不少优秀的日本弟子，他们的画被称作“长崎汉画”，已然就是“长崎汉画”之祖。

兴福寺创建八年后的 1628 年，长崎出现了的第二座唐人寺福济寺。福济寺是应长崎漳州、泉州出身的唐人之邀，请漳州出身的僧人觉悔携弟子了然、觉意（均漳州人）来长崎创建的。创建初颇似首座唐人寺院兴福寺的情况，也是供妈祖的一小庵。二十年后的 1649 年，福济寺请来中国紫云山开元寺住高僧蕴谦戒琬来做住持，使其发展成长崎最大伽蓝，因此蕴谦被称为“重兴开山”。

福济寺的发展和大施主唐大通事（唐通事——江户时代日中贸易的翻译官、实务官，也是自我管理在长崎永住的唐人的唐人官员）颍川藤左卫门的施舍赞助分不开的。颍川藤左卫门的父亲叫陈冲一（1624 年殁），是福建漳州龙溪人，他是明末的医官，因避战乱来到九州南部的萨摩，在萨摩藩主岛津家做侍医，他在今日都城市的偶屋娶了日本人藤九郎雅成之女，生下长子藤左卫门、次子藤右卫门，后来他携长子藤左卫门来到长崎生活。颍川藤左卫门号道隆，1640 年成为小通事，次年升为大通事，直至 1674 年退职，君临唐通事界三十四年。其夫人又是长崎第二代代官末次平藏的女儿。正是有他那样的大施主们的赞助，才使得福济寺成了长崎比兴福寺还要雄伟壮观的唐人寺院。

福济寺最初几代住持来自闽南，舍财营造它的大施主多为漳州泉州出身的长崎唐人，因此它又被称作泉州寺，从那里引出了泉漳帮的同乡称谓。

福济寺在长崎筑后町，比起在寺町的兴福寺，距离原子弹落下的松山町近了许多。1945 年，有着三百多年历史的福济寺伽蓝毁于那一弹。今日你去那里可以看到在它的大雄宝殿原址上，有座建于 1979 年的“万国灵庙长崎观音”，那是一只巨大的海龟，上面驮着一尊观音立像，总高 35 米，观音俯视着人流如水的长崎车站、俯视着舰船渊薮的长崎湾。

福济寺落成一年后的 1629 年，于锻冶町，第三座唐人寺崇福寺落成。你今日看到的它，大雄宝殿金碧辉煌，匾额上书“海西法窟”，内有主尊释迦如来，两胁为迦叶、阿难，左右是十八罗汉，整个大殿是日本国宝。它的山门叫第一峰门，又叫唐门、海天门、赤门，也是金碧辉煌，也是日本国宝。崇福寺的三门是朱红色的，形如龙宫门，造型别致美丽。崇福寺内还有妈祖堂、天王殿、关帝堂、观音堂、护法堂、钟鼓楼……它们都是长崎县指定的有形文化财产。一座寺院里集中这么多国家级、县级文物，在日本是很少见的。

崇福寺的开山是从福州来的高僧超然，后有僧水月、普定渡来，协助了超然的经营。它的大施主是王引、何高材、魏之琰、林太卿等福州籍住宅唐人，先建成的也是祭祀妈祖的殿堂。1635 年，经长崎奉行批准，整备殿堂成为寺院。1646 年，再次大规模整备时，林太卿、林守壂父子出资建立了今日成为国宝的“第一峰门”，何高材出资，从中国运来木材兴建了今日成为国宝的大雄宝殿。大雄宝殿左面的妈祖堂则是大施主魏之琰寄赠。从那些住持和施主的出生地看，崇福寺自然地成了福州寺，也自然生出了福州帮。

值得一看的是崇福寺内有一口深5.7尺、口径6.1尺、重1900斤的大铁锅，锅外围铸有“圣寿山崇福寺施粥巨锅天和贰年壬戌仲春望后日”21字。它是崇福寺中兴期的住持千呆性安于1681年铸造成的。千呆俗姓陈，工书画，善绘花卉人物，那年日本大饥荒，他出售了自己的书画什物，铸就了那口每次可煮米4石2斗，可供3000人分食的大铁锅，每天煮粥赈济饥民。

兴福寺、福济寺、崇福寺，为长崎唐人所建，大施主均为长崎有势力财力的唐通事、唐商，它们被人合称为“唐三寺”。长年中，它们从唐土请来高僧做住持，高扬了唐人的宗教信仰；这些唐寺中都有妈祖堂，给了行船到长崎做生意的唐人祈祷海上安全的心理寄托；寺境内都有唐人墓地；它们接受善款也在天灾人祸时对唐人日人抚恤援助，也在长崎官府和唐人产生矛盾时进行交涉调停。唐三寺均以妈祖堂起家，然后再形成寺院规模，这种现象在中国本土亦少见。兴福寺第三代住持逸然与崇福寺的初代住持超然及长崎唐人，邀请了福建省福清黄檗山万福寺住持隐元，于1654年来到长崎唐三寺开法传法，隐元后来到京都建造黄檗山万福寺，创立了日本佛教的黄檗宗，长崎唐三寺自然成了黄檗宗禅寺。

唐三寺创立半世纪后的1677年，又一座寺院——圣福寺在长崎落成，它的开山是隐元弟子木庵的日本弟子铁心道胖。铁心父亲是唐人陈朴纯，母亲是日人西村氏。西村先嫁给了唐人陈潜明，生下的儿子就是唐通事西村七兵卫。陈潜明死，西村再嫁陈朴纯，生了铁心。

圣福寺在与福济寺所在的筑后町相邻的玉园町，寺内有一座于1698年从清国运来的“释迦如来坐像”，它参加了2011年3~5月的九州国立博物馆“特别展·黄檗”，展出结束时博物馆对它进行了电脑断层扫描，竟发现其体内装有“金属制五脏”，令人惊叹不止。

圣福寺开山是中日混血僧人铁心，往后的住持均为和僧，但它的施主们都是广东籍唐人唐商，因此被称为广东寺或广州寺，也有了广东帮。进入明治时代，它与唐三寺合称为了唐四寺，因为唐四寺名中都有一个“福”字，故又合称“四福寺”。

长崎唐三寺或四福寺，功德无量。

蛇足几句：长崎开港是以 1571 年葡萄牙商船进港开始算，但唐船初到长崎是 1562 年。长崎天主教兴盛、神社寺庙荒废后最早恢复的，也是长崎现存最古老的佛寺，是在 1598 年由福冈久留米的善导寺去的和尚圣誉创建的悟真寺。悟真寺是日僧创立的净土宗佛寺，但它最初的“檀家”——施主却多是唐人。悟真寺境内有国际墓地，包括有露西亚人墓地、荷兰人墓地、有着 230 座坟墓或墓碑的中国人墓地，在中国人墓地中你可看到亡于 1627 年的浙江人见江兰的墓碑，可看到亡于 1620 年的泉州人欧阳华宇的墓碑、与欧阳华宇同时代的叫张吉泉的南京人的墓碑，那些人是长崎最早的一批唐人唐商。悟真寺没列入唐人寺，但它是长崎唐人寺出现之前的唐人“菩提寺”。

多久圣庙

8 月末的一天吃早饭时，从电视中看到一个穿越时空的镜头：一座庙里走出来一位身着古装、双手抱笏施礼的人，一位时髦的女记者辨认他一番后惊喊出句:“市长先生！”再往下看，知是观光介绍的节目，介绍的是佐贺县多久市的孔子庙——圣庙。节目很短，一晃而过，但市长亲自“搞推销”给我留下很深的印象，就产生了去瞻仰那圣庙之心。

从福冈县往南越过脊振山脉，就是佐贺平原。在到达平原之前，有个四面环山的小盆地，就是位于佐贺县地理位置正中的多久市所在。这小盆地中又有座叫椎原山的小山，圣庙就在小山脚下的绿树环绕中。

进圣庙的路口有座多久邑第四代邑主多久茂文的塑像，圣庙是在他治理多久的时代建立的。他背后不远处的一个小丘上，立着一尊青石孔子雕像。雕像高 2.5 米，连同底座 3.3 米，依唐代吴道玄画的《孔子行教图》孔子形象雕塑，是山东省曲阜市人民政府于 1997 年 10 月赠送的。从孔子石雕像左侧“参道”拾阶而上，便见圣庙。圣庙前一座石门，叫“仰高门”，门的名字出自《论语·子罕第九》：“颜渊叹曰：‘仰之弥高，钻之弥坚。’”想起颜子尊其师孔子之人格发出的赞叹，使我过石门时就产生肃然起敬的心情。

多久圣庙主体建筑“恭安殿”，是朱红木柱，赭色釉瓦，两层高檐，是禅宗用佛堂式的建筑。它的样式有许多中国风，也有点儿日本风，但殿内殿外的花纹雕刻均是中国的虫鱼、花草、麒麟、凤凰、龙等，殿内正中祭坛上置一座八角橱，叫作“圣龛”，龛内端置着青铜铸造的孔子像。铜像高90公分，重108公斤。“圣龛”也看似铜制，孔子铜像从龛门中是搬不出来的，如果有必要请他“周游列国”一下的话，须将“圣龛”拆卸解体，而拆卸解体和重新组装的方法，则是圣庙管理方秘而不宣的。“圣龛”左右两侧各有两座木制台座，上面各立一座陶像，顺为颜子、曾子、子思子、孟子。

怀着崇敬之心礼拜了圣人和四哲。出庙堂迈“仰高门”前，发现身右边有一棵枝繁叶茂的大树，树下有说明介绍，那是从山东曲阜孔子墓前采种植下的楷树。楷树又叫黄连木，据说是子贡手植于孔林的。楷树的树枝呈直角伸展，树叶排列整整齐齐。想子贡植其树定是有尊其师尊儒为楷模之用心，还听说书法中的楷书名即从其来，不由得又向楷树鞠躬。

出“仰高门”想起礼拜过圣庙圣人，但还是没有得出何以市长亲自“搞推销”的原因，看看左手有个路标上写着“东原庠舍”四字，便信步走了过去。“东原庠舍”是个朴实却雅致的院落，看那环境气氛，脑中浮出“岳麓书院”“阳明书院”等字眼，没想到进去参观一会儿方知这里真是曾名“鹤山书院”的学校。

看介绍，知道多久第四代邑主多久茂文在计划建立圣庙时，先于1699年建立了学校“东原庠舍”，于次年委托京都儒学者中村惕斋监督铸造孔子铜像，又一年后，将铸成的铜像先供放在“东原庠舍”内，并开始了圣庙的工程，直到1708年圣庙落成，才将铜像安置进“恭安殿”。而颜子、曾子、子思子、孟子的四哲陶像则是从清朝中国定制的。当我了解了这一过程，自然就明白“东原庠舍”是所弘扬儒家思想的学校了。

多久过去在行政上称为邑，“东原庠舍”是为邑校，它先指导学生阅读和讲授《大学》《小学》《论语》《孟子》《中庸》《诗经》《书经》《易经》，然后研究《蒙求》《十八史略》《史记》《汉书》《国语》《战国策》《左传》《国史略》《日本外史》《日本政记》《大日本史》《通鉴纲目》《资治通鉴》等。“东原庠舍”是座文武兼修的学校，除了上述功课，还学和学、笔道、和算、小笠原流礼容、北条流兵法、弓术、马术、枪术、剑术、柔术、火术等。它为日本培养出一大批儒学家，也为近代日本培养出一大批早期科学家。今日多久已为市，有了现代化的小学中学，现在的“东原庠舍”是在毁坏过的原址附近复原而成的，已不是正式学校了。但它仍在起着教育机关的作用，我在那里看到了多久市的儿童绘画教室、成人漫画教室的画展，看到有人短期借宿在那里的人正在开“学会”“笔会”，看到了即将在那里举行古筝音乐会的宣传画。

从那些画展和“学会”“笔会”中，仍未看出何以市长亲自“搞推销”的原因，我便推门走进“东原庠舍”的管理室去打听，管理室的先生很亲切地给我做了介绍：

儒家思想早在5世纪时就传入日本，对日本文化影响很大。到了江户时代（1600~1867年），它更超越佛教在思想界而取得统治地位，支持着幕府体制的封建社会。当时各藩都重用儒者，建立学校讲授儒学，同时建起祭祀孔子的圣堂或圣庙。比如今东京文京区的汤岛圣堂、栃木县足利市的足立学校中的大成殿、水户市水户藩校弘道馆、福岛县会津若松市的会津藩校日新馆、冈山县备前市的新圣堂、长崎市的中岛圣堂。

建立那些学校和圣堂圣庙的都是领取国家数百万石、数十万石米俸禄的藩主，而多久不过是只领取21400石俸禄的小邑，竟建成了日本现存最壮丽的孔子庙——多久圣庙和“东原庠舍”，实在是了不起的壮举。

很久前的镰仓时期，权力者源赖朝的御家人多久宗直是多久地方的封建领主，多久氏传到第十四代被佐贺豪族龙造寺隆信灭掉了。隆信把自己的弟弟长信封成了多久领主，继而把整个佐贺收归己有，与大友氏、岛津氏形成了三诸侯鼎立九州之势。不料，隆信死后经过一场政变，佐贺藩的权力转移到了他的家臣锅岛氏手中，而多久的龙造寺氏倒被迫改姓为多久，成为锅岛氏的首席家臣。锅岛氏对改姓多久的龙造寺氏是不放心的，他们用联姻的办法使多久氏成了锅岛家的女婿，让新的第四代多久邑主茂文当过养子，将其年俸减至八千余石。

锅岛氏仍对久多氏不放心，多久茂文为表示竭尽忠诚永无背叛，采取了建立学校和圣庙的办法来消除两家的摩擦。因为儒家主张严格遵从君臣、主从关系，我致力于儒教普及，不就意味着服从藩主吗。多久茂文凭借那微薄的“邑俸”建起了“东原庠舍”“多久圣庙”，是因为得到了多久人民的支持。“东原庠舍”招收住校生 150 人、走读生 150 人，不仅招收士族子弟，也招收工商业者和贫苦农民子弟入学，这在当时日本是极少见的。今日多久人口不足 3 万，300 年前也就 1 万左右，300 学生，不是囊括也是收授大多数青少年义务教育了。

管理员最后讲出我关心的何以市长亲自“搞推销”问题：公元前195年，汉高祖备牺牲、蔬菜举行了祭祀孔子的典礼，是为“释菜”，成为后世读书人祭祀先圣先师的一种典礼。1708年多久圣庙落成，同年八月十四日，邑主多久茂文亲自做“献官”，带领“东原庠舍”的学生在“恭安殿”举行了“释菜”祭仪。公元626年，唐太宗在曲阜孔子庙立碑，记有“致敬于兹日、合舞释菜、无绝于终古”语。多久做到了“无绝于终古”，过去是封建邑主、今日是市长主持“释菜”近三百年未“绝”。管理员说如果用我说的“搞推销”一词，那么今日市长推销的是万世不变的“尊儒”和“重教育”的多久市施政方针。

我感谢管理员的介绍，但我又遗憾刚才没看到市长亲自主持的“释菜”。他告诉我多久圣庙的“释菜”每年春秋举行两次，下次是在十月的第三个星期天举行，欢迎届时参加。

十月二十日，我再度越过脊振山到佐贺县多久圣庙。观看到由多久市长横尾俊彦担任主祭的“献官”，市教育长、市议会议长、市中学小学校长等八人担任祭官，于伶人演奏的雅乐声中举行的“释菜”。他们穿着中国明代儒服，头冠黑巾，双手执笏，敬拜孔子和颜子、曾子、子思子、孟子。先是谐庙、排班、迎神、鞠躬、拜、興、拜、興、平身，然后“众官皆跪”，“献官”谐至圣先师文宣王神位前读祝文，最后是献酒献菜。献酒献菜的过程礼仪繁多，祭官们要洗手，检查每件供品，每向一位“子”前摆供品时均成排地来一回“俯伏、興、拜、興、拜、興、平身”的大礼。那些词我不能全懂，只看明白他们行了不知多少回“三跪九叩”，虔诚至极。酒是甜酒，菜是鲋、笋、芹、枣、米。那些供物比不上其他地方供的牛、羊、猪、五谷、数十种蔬菜，但他们心诚礼到了。多久曾是小邑今为小市，他们办不起唐太宗的有歌舞的“合舞释菜”，改办为奏雅乐的“合曲释菜”，那些演奏雅乐的伶人不是专业的，均由市政府职员担任，就是说多久市政府许多职员懂雅乐。

不过，今日多久有条件了，“释菜”之后增加了由妇女身着古官袍表演的“释菜之舞”。那天，圣庙中和庙前的草坪上还举行了市民表演活动，有幼儿太鼓、花棒舞、腰鼓、太极拳、狮子舞、多久日中友好史发刊纪念碑除幕的仪式，东原庠舍也举行了文化讲演……

参观“释菜”和表演活动，我得出一个印象：有多久圣庙、东原庠舍和“无绝于终古”的“释菜”在，儒教和其重教育的思想已成为当地居民的精神遗产。多久今日仍是农业市，但这里居民受教育程度高，因此他们能在比大城市平淡的小城生活中安居乐业。

长崎孔子庙中国历代博物馆

儒家思想早在5世纪时就传入日本，对日本文化影响很大。到了江户时代（1600~1867年），儒家思想和儒学在日本迎来全盛期。当时各藩都重用儒者，建立学校讲授儒学，同时建起祭祀孔子的圣堂或圣庙。中国古时，孔庙多与地方官学结合，在庙后庙旁设立学校。日本的圣堂或圣庙亦是，比较有名的有江户(东京)的汤岛圣堂及昌平坂学问所、佐贺的东原庠舍及多久圣庙、茨城的水户弘道馆孔子庙、冈山的圣庙闲古学校、枥木的足立学校及圣庙大成殿、长崎的立山书院及中岛圣堂。长崎立山书院及中岛圣堂先后遭火灾或朽没，如今只剩一座杏坛门——“中岛圣堂大学门”存于唐人寺兴福寺内，可看到门上横额书有“万仞宫墙”四字，乃是清国驻长崎领事蔡轩于1887年书写。

1893年，在长崎外国人居留地的大浦地区(今大浦町10—36)出现了一座孔子庙，它占地3300平方米，正是日本面积一千坪。它外有黉门、泮宫门，中间有仪门，内有供奉孔子的大成殿，后面有供奉孔子五世先祖的崇圣殿、会殿。它规模宏大，建筑精美，是由清国驻长崎领事馆推动，清政府拿出部分援助款，主要由当地各帮华侨集资，修建起的日本唯一的中国式的孔子庙。1905年，在清驻长崎领事卞綍昌（张之洞的女婿。感谢没落的清国在它临亡之前为长崎华侨做了两件好事。）的建议下，取得清国和日本政府许可，在孔子庙内设立了“时中小学校”（时中学堂），校名取自“大哉孔子圣之时，中庸之道应尊崇”，校歌是《我们学校在圣庙》，校董由三江帮、福建帮、广东帮华侨各出一名担任，请来国内师范学校毕业生当教师。

1945 年的原子弹爆炸，使得长崎孔子庙遭到严重损害，但此后经过两次大修，它变得更加宏伟庄重。第一次大修是在 1967 年，仰仗的是台湾当局，从台湾请来的专职寺庙工匠，从台湾运来的建材。改修了大成殿，重建了仪门，崇圣殿改建成了“唐人馆”，初建时的灰瓦换成了黄色陶瓦，顶上装饰着的龙、凤、麒麟、宝塔均为红蓝白等彩色玻璃所制。

第二次大修在长崎孔子庙落成九十周年的 1983 年，得到了进入改革开放的中国政府的支持，由北京古建公司运来的七万五千枚琉璃瓦将殿堂墙脊铺苫得金碧辉煌，左右两庑高挑的屋檐上装饰了仙人、龙、凤、海马、天马、押鱼……大成殿前立起刻满《大学》全文的巨大石碑，石碑背面则刻有唐玄宗的“颂孔诗”。仪门前面增加了一对福建省寄赠的华面大石狮和一对龙蝠石碑，石碑上分别刻有吴道子的“孔子赞”（左碑）和米芾的“颂孔诗”（右碑）。仪门和大成殿之间的中院及大成殿两侧新添了等身大的七十二贤人石雕像，形态各异，栩栩如生。左右两庑——回廊墙被换上台湾花莲出产的大理石装饰一新，上面刻上了《论语》全篇。

今日来长崎孔子庙，可见正面红墙左右各有一小门，左为黉门，右为泮宫门，均是学校门和学门的意思。拜观客进黉门，迎面见一影壁，上书“礼、义、仁、智、信”五字，下写日文的“有朋自远方来不亦乐乎”。门内左墙上有介绍时中小学校的“时中纪念碑”，门右侧是个院落，内有水池，虽无说明但想是泮池了，池上架石桥，有曰名碧水桥，桥前立着石造的棂星门，院内还有孔子庙落成时从中国移来的楷树和近年江苏寄赠的太湖石。棂星门正对着的那华美精致的二门就是仪门了。进仪门，仔细端详过七十二贤像，读几句《论语》，登石阶入大成殿。殿堂正中是孔子坐像，两侧供有颜子、曾子、子思子、孟子四圣牌位，再两侧有十二哲牌位，孔子身后右侧安放的是其父母的牌位。殿内备有香烛，游客可投一百日元硬币自取，焚香点烛之后参拜祈愿，祈祷学业进步有成。

第一次大修时由崇圣殿改建成的“唐人馆”，在第二次大修时改建成了“中国历代博物馆”。“中国历代博物馆”展出的历史文物和国宝，由北京故宫博物院和中国历史博物馆提供，两年一换。这是许多海外博物馆享受不到的殊荣，也因此长崎的孔子庙有了“长崎孔子庙中国历代博物馆”的新称。

1967年长崎孔子庙的大修时，“时中小学校”搬到了马路对面右侧的新校舍。“时中小学校”最盛期有学生近百，到1988年因学生不足十人而关闭，在它八十三年历史中以中国文化教育了无数长崎华侨华人子女。2008年10月，在长崎孔子庙正对面的地方，出现了一所长崎时中国语学院，它可算废校二十一年的“时中小学校”的再开，是长崎华侨华人子女和日本人学习汉语的教室。

长崎孔子庙自1986年开始，恢复了于孔子诞辰纪念日举行的祭孔典仪，届时有中国驻长崎总领事馆官员、各县侨领华侨参加，也有日本地方长官和日本居民参加，隆重而热闹。长崎孔子庙所在地大浦地区，是西方列强逼迫日本开国时，填海造地开辟的“外国人居留地”，那里建有洋行、银行、领事馆和西洋风的住宅。长崎华侨在那开国初期，人多居于新地(今长崎新地中华街所在地)和广马场地区，自从长崎孔子庙落成，那里又集聚起许多华侨，成了长崎又一片华侨聚居地。长崎孔子庙继早于它两百七八十年出现的长崎唐人寺，维系着长崎华侨华人的团结和自治，相比起唐人寺的地方帮派色彩，长崎孔子庙由各帮出资、时中小学校由各帮代表出任校董，更是一个进步。

长崎孔子庙所在的大浦町与南山手町相邻，它也算“山手”，是因为它依在山角山旁，它依的山不远也不大，是个小山岗，在那山岗之上，有着有名的大浦天主堂，和有着多栋“外国人居留地”时代筑起的欧式宅邸的哥拉巴公园。它们之间近可俯视仰视，相互辉映地勾画出了长崎浓厚的异国情调。

缘于中国的日本习俗

天满宫曲水之宴

农历三月三，莺飞草长，人们怀春踏青、对歌赛歌、抒情定情……它自春秋以来即是一个祓除祸灾、祈求吉祥的节日。至汉，确定为上巳节，因为三月三多逢第一个巳日。是日，人们来到河川旁，在春风春水中洗濯除垢、涤荡身心，临水宴饮，叙情欢乐。那临水宴饮有种别致的形式——修禊仪式毕，人们分坐曲曲弯弯的水渠两旁，从上流放下酒杯任其漂流，酒杯停在谁面前，即取之饮之，酒杯古称觞，那种欢乐形式被称为“曲水流觞”。

公元353年三月三，晋代大书法家王羲之与亲朋谢安、孙绰等四十二人，在会稽（绍兴）兰亭修禊之后，于亭旁清溪行“曲水流觞”，规定觞在谁面前停下或打转，谁当即兴赋诗饮酒。那次聚会中，有十一人成诗两篇，十五人成诗一篇，十六人交了白卷，被罚酒三杯。王羲之酒中挥毫为汇总一起的诗作序，即为流芳千古的《兰亭集序》。

文人雅士集会活动是魏晋文化的一道亮丽色彩，其中有名的有以“建安七子”为首的邺城西园集会、西晋包括“二十四友”在内三十人在石崇别庐的“金谷之会”和那次“兰亭会”，他们或集会于园林或集会于清泉茂林间。而“兰亭会”将“三月三”和“曲水流觞”融为一体地以文会友，更推动和固定了文人集会活动，《兰亭集序》又成为诗、书楷模，因此人们更深刻地记住了兰亭的“曲水流觞”，也有人将其称为“曲水之宴”。

东海浩瀚，时光久远，曲水之宴这种文人、文学集会形式在很早就流传到了日本宫廷，至今也可在京都城南宫和九州福冈县太宰府天满宫等地看到。

太宰府是一个广域的地名，源自那里曾有一座大宰府。大宰府是从 7 世纪中期开始，存在了五百余年的统辖日本九州（筑紫九国二岛）的官府，它还担当日本外交事务，曾被称为“远方的朝廷”。大宰府的最高长官叫作权帅，由朝廷任命的贵族出身的权帅并不一定总在现地赴任，那时权力就交给了二把手——大弍。也有属于被左迁为权帅的，就不得不千里迢迢从京都赶来赴任。

公元 729 年，贵族、诗人、歌人大伴旅人赴任大宰权帅时，以他和曾任遣唐使的筑前守山上忆良为中心，形成了一个官僚文人的“筑紫歌坛”。730 年正月十三日，在大伴旅人家庭院里，举行了一场酒宴，名为“梅花之宴”，来客计大宰府官员、筑前筑后地方官员和寺院高僧 31 人，每人咏诵一首梅花赞歌，仿王羲之《兰亭集序》做序结集，是为流芳后世的“梅花之歌”，收集在日本文学瑰宝和歌集《万叶集》中。

公元 901 年，朝廷的右大臣菅原道真因左大臣藤原时平的谗言所害，被左迁到九州任大宰府的权帅，两年后病死于任地。菅原道真是日本平安时代的一位伟大的学者、诗人、政治家，其汉诗凡佳，公元 890 年，菅原道真曾参加宫中的曲水之宴，作下“近临桂殿回流水，遥想兰亭晚景春”。他死后成了天满天神——学问之神。因为他喜爱梅花咏诵梅花，他京都府中的一株梅树曾一夜之间飞着追随来到主人的左迁之地；他还曾乘坐飞梅渡唐，所以他又成了梅花之神。他的葬地就在今日福冈县太宰府天满宫大殿下，那株“飞梅”已在殿前挺立千百年，每年开花于天满宫梅园六千梅树之首。

公元 958 年，担任大宰大弍的小野好古，为纪念菅原道真逝世五十五周年，在太宰府天满宫东神苑举行了曲水之宴，始开先河。公元 1102 年三月三，大宰权帅大江匡房在天满宫主持了曲水宴，结歌集作序中讲到曲水之宴的由来及意义。

初访太宰府天满宫是二十年前来福冈单身赴任时的事，是被人介绍看那里六千株梅树寒日开花，可以赏心悦目，看那株“飞梅”可听美丽动人的神话。天满宫梅花一月绽开二月满开，五年前有次想起去天满宫赏梅时已近三月，看到有的梅花瓣已落下枝头，但却意外地在两株梅树下遇到三位古装佳人。说是佳人，是因她们姿色端庄、气质文雅，还穿着雍容华贵的“十二单”。她们随和地任人拍照，我也将她们的丽影摄进了自己的相机中。

“十二单”是日本平安时代宫中女官的着装，是在单衣外面叠上十二层轻而透明的叫作“圭”的和服，我只在天皇家结婚典礼的记录片中看到过，如此近地看到“十二单”想必是遇到了什么大祭。我因径直奔梅花而来，未曾留意天满宫行事预报，过后再看，方知那日宫中举行了一场曲水之宴。那日还得知是太宰府天满宫为纪念菅原道真，自 1963 年，恢复了很久前就发祥于此的曲水之宴行事，每年三月三举行，为便于游人观看又改在三月的第一个星期天。那日我是下午去的，后悔看到穿“十二单”的佳人是在曲水之宴结束时。

四年前，我早早起身去太宰府天满宫，想看全套的曲水之宴。

尽管六千株梅树中有的已花瓣飘落，率先绽开的千年

“飞梅”却压轴似地依旧满开着白花，正午12点，一队曲水之宴的参宴者从神社社务所经“飞梅”身旁到正殿作“奉献之仪”，然后沿着参拜道往东神苑的文书馆走去。参宴者是十位衣冠束带的“殿上人”、三位穿“十二单”的“姬”、三位穿“小圭”的女官，还有两位挎刀执弓背箭的武官卫士，乌帽白袍的巫女，年轻的宫女和执行仪礼的男女官员。那些参宴者均是福冈县出身的文士才女，我将他们都捕捉进了相机镜头。那天我捕捉到的一位“殿上人”竟是电影演员武田铁矢，武田肚中有多少墨水不知道，但他在持续二十余年的电视连续剧《3年B组金八先生》中扮演的热忱于教育的金八老师尽人皆知，是可称文士的。

东神苑的梅林中曲曲弯弯开出一条半米宽的小渠，就是“曲水”了。一点钟，“修祓之仪”在筝曲声中开始，巫女自文书馆内走到苑内设置的舞台（应叫祭坛吧）上行“白拍子舞”，再由四位粉袍紫裙、手持梅枝的宫女行“飞梅之舞”。说她们在行舞是因各十五分钟的长舞，举止优美典雅稳重，几乎没有“跳”的动作，它本身是在“修禊”“修祓”。

筝、笛声又起，是为“杯之仪”。曲水两旁早就铺就一块块红毛毡，参宴者们在司仪介绍中就座。“姬”和女官身着“十二单”和“小圭”，落座是件不容易的事，她们每人身旁都跟了一位妇人帮着整理服装，才令她们与七位红袍三位蓝袍的“殿上人”坐得同样端庄文雅。杯——朱色的酒杯自上流漂下，酒杯到参宴者座位之前，他或她很从容地执笔在一枚叫作“短册”的纸笺上写出一首和歌，然后捧起酒杯将酒一饮而尽，再把“短册”置于酒杯上放入曲水中任其漂走。他（她）们穿得华丽坐得端庄，是猫不下腰的，取杯送杯递笺置笺均有手持细竹的稚童（我想称他们为书童）代劳。两位武官威风凛凛，始终在参宴者身边踱来踱去，像保护官也像监考官。他（她）们写下的和歌最后汇总起来，在巫女的一场“红梅之舞”中分成上下两部时间里由专业歌人朗诵吟唱，直到“终纳之仪”结束曲水之宴。

我在中国没有看到过曲水之宴的举行，却在日本见此风习，不由喜出望外。日本自明治维新废除农历，许多从中国传来的节日祭日也改到了阳历，太宰府天满宫古代的曲水之宴是按农历举行的，但自1963年恢复的曲水之宴行事是定在阳历3月的第一个星期天的。这一“阴”差“阳”错，使从中国传来的梅花成了曲水之宴的主题。

今年冬寒，梅花晚绽，三月五日，天满宫梅苑的梅花正值满开，幽香满苑，看来能接上月末开的樱花。每年此日，多有细雨，今年却是风和日旭。我早早排队登上为游客搭起的观礼台，一坐两个半小时，把天满宫曲水之宴的过程看得、听得仔细。

今年宴中作的和歌仍多是抒情春风拂面、梅映白红，但听到一首加进了去年落成的九州历史博物馆之句。今年的“殿上人”多了外县几位官厅官员和町长，女官中有福冈县的副知事。“三月三日天气新，长安水边多丽人”，今年的“姬”比例年多出两位。最外层是紫色的“十二单”的“姬”由三位密司福冈担任，一位最外层是湖蓝色的“十二单”的、将长发梳起的，该是正出嫁之“姬”，大概是象征最近出嫁的纪宫公主吧。一位最外层是葱绿色“十二单”的“姬”是从长崎来的一位中国留学生。

观看天满宫的曲水之宴，虽崇山峻岭、茂林修竹，换作小桥、流水、庭园、梅花，却也另是一番幽雅，我虽未傍回水而坐、手中也无杯可举，也算一次附会风雅。

七夕神社

日本有“天之川”，意即中国之“天河”。说到“天河”会令人想起戏剧《天河配》，心中浮出牛郎织女的神话故事。这个神话故事很早就流传到了日本，也在日本形成一种民俗信仰。天之川应在星空间，日本却有许多天之川在地上，我在福冈县就发现过两条。

福冈县北的海中有岛名大岛，那里有一座很有名气的宗像大社的中宫中津宫，中津宫背山临海，祭祀着大岛主宰——天照大神的二女儿湍津姬，湍津姬有一信念就是愿天下有情人终成眷属。你看，就在她的中津宫的石阶下的岩石间有清水不断涌出，涌水之处叫作天之真名井，饮其水，书法可大有长进。她的中津宫左侧有一条自山上流下的小溪，小溪宽不足两米，却叫成了天之川！小溪左边有座织女神社，它又叫棚机津女神社，意思也是织女神社；小溪右边有座牵牛神社，它又叫彦星神社，意思都是牛郎神社。织女牵牛两座神社相距二十余米，门对门，合起来叫作星之宫。它们的大小不过一米高几十公宽窄，却和中津宫一起传出了美丽动人的故事。

传说遣唐使中多为贵公子，某次唐朝皇帝赠送给日本数名织女——纺织女工，随遣唐使归船来日，一名贵公子在船上与一名织女产生了恋情，他回国做官，再也见不到织女，因而终日苦恼。此时有天间神女显现，对他说："你可去宗像中津宫侍奉中津神，在那里可见到织女。"他真的辞官来到大岛侍奉中津神，某日晚，他提水桶去打水，举头看了看星际的天之川，再低头看水桶时，水中竟映出了织女的面孔。此后，织女的面孔时常在他的水桶水中出现。水中月，镜中花，传说到此打住，不知日本贵公子与中国纺织女工终成眷属否，但中津宫境内出现了天之川、织女神社、牵牛神社，以及七夕相会等实物和传统。

日本明治六年改用西历，大城市原有的“七夕祭”也挪在了阳历7月7日，但大岛居民仍坚持在接近阴历七月七的阳历8月7日举行七夕祭。那天，大岛上人家都在庭院里插起一种一生不脱皮的小竹子，用白芋头叶子接下的露水研墨，在纸笺上写上祈求家业长进的寄语，挂在小竹子枝上。那天，牵牛神社和织女神社中也插满小竹子，挂满纸笺，纸笺上写着天下有情人的寄语。那时的小竹子叫七夕竹，那纸笺叫短册。傍晚，篝火中，你可以看到穿纳凉用的和服的现代织女在织女神社和牵牛神社间载歌载舞，现代牛郎在擂鼓狂欢，这通宵达旦的七夕祭活动今日有了新含义——试图解决大岛上从事渔业的青年找媳妇难的问题。

福冈县中部，有座小城叫小郡市。小郡市政府前砌的大型石牌上刻有“七夕之里”四字，昭示着它是“七夕之乡”。北京奥运开幕式前日的8月7日，正好是阴历七月七，我驱车去小郡办事，让我赶上了小郡的七夕祭。事毕，跟着从市政府开始就插着的七夕祭广告旗帜，沿市中最宽阔的“七夕大道”，来到“七夕地域运动广场”驻下车。这运动广场大半是足球场棒球场、小半是包括儿童游戏场的绿色公园，在那里我看到了一座名为“七夕物语”的牛郎和织女的塑像，也看到了刻成铜字的“七夕物语”，大意为“织姬是琴座，牵牛是鹫座，皆为非常明亮的一等星。夏日里，东方的夜空，两颗星星隔着天之川，闪烁着美丽的光辉。然而，唯有七夕之夜，空中浮出天之川时，他们两人方可相逢。”

小郡市的七夕祭就在那绿色公园旁的一座神社里举行，那神社竟叫“七夕神社”！它原本叫媛社神社，祭祀着姬社神和织机神，那织机神变成了织女，媛社神社也就变成了七夕神社。它的门外和境内都挂满了提灯，插满了七夕竹，上面挂满了短册。记下几条短册上的寄语：“祈在明年必与河合正明结婚，请给我力量。”“祈在今年之中让我怀上孩子。”“免许（驾驶执照）点数仅剩2点了，天保佑啊！”“祈我考试得百分。”“祈我能考入希望的中学。”……插七夕竹、挂短册、寄语心愿，已是七夕神社的七夕祭的内容，早于上一日开始。七夕神社境域颇宽广，这里摆着捞小金鱼、金钱龟，卖火花、烤肉、煎饼、棉花糖、脸谱、玩具的摊子，颇似中国庙会。神社内有很大空地，那里早已搭起舞台，铺上塑料布做观众席，晚六时起举行七夕祭余兴表演。

七夕神社半里外有条河，问当地人得知叫宝满川，又名天之川。又是一条天之川！以我的经验，想必河对岸会有座祭祀牛郎的神社了。那么想着移步渡河，果然在片片稻田多座古朴农舍之中，找到一座生有苍翠古松的“老松神社”，里面真有座“牵牛神社”。

余兴表演第一个节目是民间鼓队表演的“小郡七夕太鼓”，鼓罢，由小郡市长致辞，他主要说的是“小郡的七夕神社是全日本唯一的，小郡是七夕之乡。”日本有许多天之川，有许多织女神社、机棚神社、织姬神社、彦星神社、牛郎神社，叫七夕神社的在宫城县也有一座，小郡市长何以强调此处是唯一？了解到是小郡七夕神社唯一地在国家做了登录，也就是拿到了文化遗产的“专利”，还了解到小郡附近是徐福登陆之地，七夕故事在那时就随之传来，小郡的七夕神社早在公元 730 年就开始有了祭祀七夕的活动，是为日本最早。

市长讲话之后，继续的有保育园儿童的歌舞、民谣三味线、夏威夷舞、魔术、日本舞、卡拉 OK……满怀兴趣看完小郡七夕神社七夕祭的余兴表演，已过九时。举目看夜空，天之川——天河宽阔明亮，河畔群星灿烂耀眼，织女星牵牛星——日本的织姬牵牛或是琴座鹫座，更是璀璨鲜明，脑中浮出古诗：迢迢牵牛星，皎皎河汉女……

从彩船流到精灵流

曾写小文《唐人屋敷》，说唐人屋敷是日本江户时代锁国政策的产物与象征，是 1688 年动工建造、存在了 180 年的一个大院子，用来强制来长崎做生意的唐人（清朝人）住进去，直至归航。说过进它二门可见正面有座“土神堂”，右侧有一栋也叫“牌位堂”的“仙人堂”，里面供着来长崎途中及在唐人屋敷滞在中死去的唐船船主船员的牌位，待聚够一定数目后，送他们魂归故土。还说过唐人们在那大院子里的许多生活习俗和行事流传到了长崎市井。

今天说说那“牌位堂”的事吧。“牌位堂”有中日两国人的许多称呼：牌位堂、位牌堂、仙人堂、灵牌堂、灵魂堂等。有唐人屋敷时代，一年中来长崎做生意的唐商船主船员近万，同一季节里居住在唐人屋敷的人会有数百至两三千，生病遇灾死几个人是正常事，那种死在异国他乡的唐人绝大部分是埋在市内的唐人寺里了，但他们的灵魂却老想回故土，于是便有了那座牌位堂，先将他们牌位也就是灵魂安置在那里，隔段时间再送他们魂归故土。

那时唐人屋敷的唐人有祭奠死人和送灵魂的老习俗，死人尸葬日本后，活人们还会做条一丈长的木船装饰起来，载上死人牌位、纸人供果，请唐人寺和尚念过经后，锣鼓喧天将从唐人屋敷抬到街上游行一番，最后在临近唐人屋敷的矢来门的海边上烧掉，算是载死者灵魂回唐土，也算为活人祈祷返航行船安全。这种纪念祈祷形式，被称作彩船烧或彩船流，而日本人则把它叫作彩舟烧或彩舟流。这种常年举行的彩船流叫小流，是象征性的，孤独小船在大海之上怕是有危险的，所以彩船烧过之后还是要为死者设个牌位寄放在牌位堂中，等存满百位，魂多势众时造个大彩船一起送回，那时的彩船流就叫大流了。

小流已很精彩，大流更是隆重，所造彩船长两三丈，大如真船，船室货舱坐落有序，桅樯风帆齐备，可以航行，船在牌位堂前造，费工时需半月。船中载有许多木人纸人，分别象征船商、船主、掌舵的、掌帆的、施锚的、供海神的、木工、鼓手、炊事员、水手、小厮，还有象征着分管唐货交易的各级长崎日本官员、翻译官、搬运唐船货物的日本搬运工……当然载上了亡于长崎的那一百位唐人的牌位。彩船装饰好先请唐人寺和尚诵经三日，再搬出唐人屋敷泊于港岸，有过一番祈祷和仪式后，被解缆扬帆，数名水手操纵着它、数艘小船载着数十唐人屋敷的唐人代表簇拥着它，离岸开航。岸上锣鼓震天响，数百唐人向它挥泪作别，更有成千上万长崎日人赶来观看。彩船航行十里，来到长崎湾口神崎鼻白洞，被一把火点燃，百名唐人灵魂归还故里。

却说那牌位堂里的牌位要存够百位，少则需一二十年多则三四十年，而在临近存够百位时，总会出许多怪异之事，比如一向寂寞的牌位堂里有了叮叮当当的声音，那是死灵魂们按捺不住归心似箭的望乡之情的活蹦乱跳欢欣鼓舞；比如活着的唐人会在半夜里听到噔噔噔的上楼梯进房间的响声，睁眼会看到已故去多年的旧船友，会听到“别来无恙，故国家园可有巨变？”之类问候；有好端端的人会无缘无故而死地去凑够那“百”……这种事经能进唐人屋敷的青楼女子的传出及渲染，成了长崎活灵活现版本繁多的“幽灵话”。

话转今日，日本有“盆”节，8 月 13 日至 15 日，遇上上周则是个大连休。此“盆”乃盂兰盆会，那期间日本家家户户门前挂上提灯，家中佛坛供上供果，请和尚来念经，将家中先祖、故人灵魂接回来供养几天再送回天国。盂兰盆会在中国亦称“中元”“鬼节”，日期为阴历七月十五日。日本自明治六年 (1873 年) 采用西历后，大多地方将“盆”定在了阳历 7 月 15 日，但冲绳仍以阴历七月十五日为“盆”，而考虑到阳历 7 月 15 日前后学生正在考试期，连阴的梅雨也在收尾，许多地方又将“盆”挪到了阳历 8 月 15 日前后。“盆”的期间，要迎祖先之灵回家供养，举行法事，在外地的子女也正好在放长假期间回老家。“盆”之民间行事各地不同，多数地方都有叫作“盆踊”跳舞纳凉晚会，有的地方会搞大型焰火晚会，有的地方会搞“精灵流”的节目，而长崎的“盆”和“精灵流”尤其精彩盛大，别具特色。

首先是在长崎寺町的寺院群背后的风头山山腹一带，许多墓地上挂满用竹杆挑着的提灯，放鞭炮火花。再就是13日要设摆着先祖牌位和供果的“精灵棚”，许多迎来“初盆”（新近死去、灵魂初次被迎回）的人家及地域组织还要做一条屋形的、龙形的“精灵船”。

早年的“精灵船”是稻草麦草绑成的，质量轻，一人就可扛在肩上跑起来，后改用杉木和青竹绑成，长长的，最前面饰有桃型的镜子似的大牌子，上面绘上家纹、写着家名。船两边吊满了一排排一串串的提灯，船中竖立着印有“西方丸”“净土丸”“阿弥陀丸”等船名和写着经文的帆，安放着阿弥陀像和观音像，还摆满了供物和造花。那些“精灵船”船体有四五米长，加上前面伸出的写着家名的大牌子和后面的“尾巴”共有七八米长，有的两三船连在一起，就有二三十米长了。多数“精灵船”座下安着可以推动的小轱辘，也有的是可由众人抗起来走的。还有一两米长的迷你“精灵船”，四人抬着即可。

“盆”的最后一天的 8 月 15 日，人们早早将“精灵船”装饰起来，将先祖牌位和新近死者的照片也置于“精灵船”中，将他们送回西方净土，那种行事叫作“精灵流”。

“精灵船”黄昏前出发，但着急的过午就开始出发了。最前面有人举着挂在长竹竿上的“印灯笼”开道，其后有人当当当敲着小锣——钲，有人乒乒乓乓放爆竹，再后面跟着家族众人，口中喊着号子或“南无阿弥陀佛”地拥着“精灵船”跑。七八点钟是高潮，到处都是爆竹声响和火花的烟霞，“精灵流”的船队多数先聚向“中央桥”，再行至长崎县厅前，跑到了港口的“大波止”，这条路线叫作“桧舞台”。在“大波止”，人们将先祖牌位、新近死者的照片和提灯取下后，把“精灵船”拉到海边投入海中。

许多年来“精灵流”有着发展和变化：除去家庭家族外，一个町（街道）或一个团体也会出一条“精灵船”；由于怕堵塞港湾怕污染，近年在海中放了接精灵船的平台，最后统一处理;“精灵船”的制作费用小者数万日币，大者数十万，更有逾百万的豪华船，它在长崎流行已久，“精灵流”于“二战”中曾一度为节约而被“自肃”；1974年，长崎出身的歌手佐田雅志写了歌曲“精灵流”，流行多年，他又写了小说“精灵流”，后又出现了电影及电视连续剧的“精灵流”。

我于十几年前偶然赶上长崎“精灵流”，看到那些华丽的“精灵船”很是惊奇，但因有事在身，遗憾没能看到它如何“流”。2011年8月15日专程来看“精灵流”，不料一日落雨，还时时倾盆，担心它流产，但一位当地老太太告诉我它是“雷打不动”的。

早与午，逛了几座唐人寺日人寺，均见有许多人到寺旁寺后墓地洗墓供花。更见到街中路旁，人们已开始在装饰“精灵船”了。下午来到长崎县厅前，等着“精灵流”的来到。附近道路六点封锁，但中央桥那边整装待发的人们早已把爆竹放得乒乒乓乓，有些小的船比较灵活地先出发了，船再小，鞭炮也是震人耳膜的，火花也是耀眼而又烟雾弥漫。六点到，“精灵流”正式开始，“精灵船”一条条接踵而至，像长龙像火龙。那爆竹惊天动地了，妖魔鬼怪除去了，精灵——灵魂可以愉快地回天国了。

“精灵船”五花八门争奇斗妍，以前还有过比试、较劲、争吵呢，现在有警察坐镇维持秩序，大有好转。看到一条“精灵船”，它的像镜子似的牌子上写着“东北丸”，船上安放阿弥陀像和观音像的地方立写“哀悼”两个大字，先头的“印灯笼”上也写着“哀悼”，“印灯笼”后面举出两幅大旗写的是“送东日本大震灾的牺牲者。”“东日本，加油！我们也加油！”看到这条“精灵船”，我不由得胸悲憾眼落泪。但听到拥着船的人们以鞭炮声送东日本大地震的牺牲者，我又胸生信心面露笑容。

“精灵流”要进行到深夜，我得去巴士中心赶回福冈的车了，在巴士中心前，仍能看到一艘艘“精灵船”往“桧舞台”赶去，我看到一艘名为“钱”的船，那是长崎一片街道钱座町的船，船上提灯写着不少人家的姓氏，它前面打着两个“印灯笼”，一盏写着“钱座町公民馆”，一盏是个将棋棋子，棋子上写着“水田家”，大概是那家人中出了将棋高手吧。有一艘船前的“印灯笼”是个大照相机，船名像是个舞台剧组的名字，簇拥它的人都是相貌端正的年轻人，像是在送他们的师傅、导演或团体创办人，船前有两位姑娘搀扶着一位年事已高的老太太在行走，猜想她是她们的师母。姑娘们兴高采烈，老太太也眉开眼笑。

每年参加“精灵流”的“精灵船”，都会超过千艘，长崎人将本来悲哀暗淡的盂兰盆佛教行事变成了明快欢乐的节日。

有日人百姓日人学者说长崎“精灵船”“精灵流”，有长崎“唐人屋敷”传出来的“彩船烧”“彩船流”的影子，更有人直截了当地说“精灵流”源自“彩船流”。

长崎灯会

长崎于1689年建了一个大院子，名为“唐人屋敷”，乘唐船（中国船）来做生意的唐商、船员（清国人）都得住进那里，除却唐船抵岸离岸时将船中供的妈祖像关公像往市里唐人寺送迎、交易谈判、修理船舶等时，不准他们出入那大院子。10年后，又在“唐人屋敷”门前填海造田修了一个放唐船载来的货物的巨大仓库，名叫“新地藏”。那“唐人屋敷”存在了180年，而今日长崎新地中华街就在那“新地藏”原址之上。唐商、船员们在“唐人屋敷”中一住就是两三个月，很少能外出，应是很寂寞。但他们会自寻其乐：吟诗作画、饮酒作乐、掷色子赌钱、自己演戏……赶上过大年闹元宵最是热闹，那天“唐人屋敷”被灯笼和蜡烛装饰成了座不夜城，唢呐锣鼓声响，大院的空场上在要腹中点有灯火的巨龙。

大红灯笼高照，喜庆对联贴门上，鞭炮乒乓响彻云霄，这是中国国内在过春节。正月十五吃元宵、闹花灯、猜灯谜、赶庙会、踩高跷、跑旱船、扭秧歌……热闹尽兴大年方算过完。

大红灯笼、四角灯笼、六角灯笼、跑马灯、造型灯……灯笼、灯笼、灯笼，满街灯笼，成千上万的灯笼。这里是张灯结彩的世界，这里是今日日本“长崎灯会”，它的主会场在新地中华街和与它毗邻的凑公园。

1986年，新地中华街街口立起了牌楼　　中华门，中华街上的饭店商店组成的中华街振兴组合，开始考虑招揽顾客观光客活动的好办法，长崎已有夏日的“盂兰盆”和“精灵流”，秋日的“宫日”等祭日活动，他们就选择了寒日里的春节搞活动。因为日本人已不过旧历年了，那时期正是各种行业的淡季，从长崎市到中华街都少了观光客。几经考察，他们将活动内容锁定在灯笼上——搞灯节闹元宵，起名“灯笼祭”。

次年春节，新地中华街上挂起从大陆台湾香港采购来的四百盏灯笼，饭店商店都贴起春联年画，食品商品大降价，还推出舞狮舞龙，组织幼儿、小学生穿上中国民族服装，敲锣打鼓，提着彩灯，围着新地中华街游行……“灯笼祭”一炮打响，促销成功，还将以前流行在“唐人屋敷”的中国风俗复活、推进到长崎市民的生活中。1990年，长崎市苦于昔日在对外贸易的独占鳌头风采不在、观光客锐减，搞了振兴观光的“旅之博览会”，“灯笼祭”在临近中华街的凑公园的博览会会场大放异彩出尽风头。也正好那时长崎商工会议所提出了“光之街长崎”的设想，因为长崎是海港，它的夜晚灯火通明，以前有“日本的香港百万美金之夜”的美称。

市的“光之街长崎”设想与新地中华街的“灯笼祭”不约而合，市观光科和商工会议所找到中华街振兴组合，商量由市和中华街共同举办“灯笼祭”，市里出补助金并负责宣传，中华街负责具体行事。中华街的“灯笼祭”提升到全市的节日，它被起了个洋名叫 Nagasaki Lantern Festival，日文表示为“长崎ランタンフェスティバル”，中文则是“长崎灯会”。

正月初一至十五，整个长崎市染上喜气洋洋的中国色彩，一万两千盏灯笼挂在中华街、凑公园、唐人屋敷遗址、中央公园、兴福寺、崇福寺和许多繁华的街道上，有轨电车也梳妆打扮彩饰龙凤，像个活动的巨大灯笼穿行在市中。

熙熙攘攘的人群在中华街垂挂的灯笼下走动观赏着，在商店中购买中国物产和食品，各家饭店顾客爆满。然后他们走到大会场凑公园，那里四周搭起大棚，展示着一组组大型的造型灯，门神风神雷神、刘关张桃园三结义、孙悟空大闹天宫、嫦娥奔月、杨贵妃、财神爷、大熊猫、长颈鹿、龙、虎、龟、蛇、龙凤呈祥、兔儿爷……凡中国民间传说、十二生肖，无不尽有。那十二生肖中，尤以当年生肖最显眼最高大，有一年我看到的是十米高的“三阳开泰”，有一年我看到主造型灯换成了“金鸡报晓”。会场正中是个大舞台，狮舞、龙舞、中国杂技、京剧、太极拳、鼓乐、歌舞、灯谜……在轮番演出，会场两侧设置着数十家挂着灯笼的摊位，出售着日本中国的小吃和风俗工艺品，买卖十分兴隆。

穿着清朝官服民服的一百五十人的队伍，打着彩旗从崇福寺那边往中华街走来，队伍中间是两台大轿，上面坐着中国皇帝和皇后，轿前轿后是九州各地的“密司”扮装的皇妃们，“龙踊队”在给这支队伍壮着声势……这是从几十个小孩子的“提灯游行”发展而来的“皇帝出行”，表现皇帝皇后走出紫禁城和百姓共度春节；穿唐船唐人船员服装的一百五十人的队伍，从唐人屋敷旧址上的福建会馆走出，他们抬着妈祖像，敲锣打鼓放着鞭炮，向着兴福寺游行而去，这叫“妈祖行列”，它再现了有一百八十年历史的来航唐人送迎海上保护神情景……

长崎新地中华街的“灯笼祭”变成了盛大的从大年初一直到十五元宵的“长崎灯会”，其中有老华侨和日本人的功劳苦劳，它既宣传了中国文化也促进了长崎市的观光事业，这在日本是独一份，世界也少有。除去留学生，长崎的老华侨只有几百人了，那参加筹备灯节、做各种表演负责安全的数千人和来看灯会的百万人中，更多的是日本人。“长崎灯会”的灯笼由往年的一万两千盏增加到一万五千盏了，今年是兔年，长崎灯会中的最大的灯是“兔儿爷”。每次去看“长崎灯会”，除了有在异国也能享受过春节元宵之乐和缅怀老一辈华侨华人生活外，我都发“这样庶民间的文化交流多起来，何愁日中关系中的疙疙瘩瘩解不开”的感想。

外　郎

博多古门户町的一部分旧称妙乐寺町，源自那里有座1316年建立的临济宗禅寺妙乐寺。妙乐寺曾是日本遣元使出发寄居的据点，是日元日朝贸易商聚集之地，是日中两国禅僧宗教文化交流的殿堂。妙乐寺山门名“吞碧楼”，高百尺，日中僧人常在那里吟诗作画，中国僧人詹玉对“吞碧楼”诗云：

飞楼突兀耸晴空，浩浩乾坤一望中。
远对好山青不动，下临沧海碧无穷。

元末明初，有叫陈延佑的一家人流亡到了博多。陈延佑乃元末礼部员外郎，流亡日本是因不愿奉侍两朝帝王，也因他是被朱元璋讨伐而毙的“大汉国”土皇帝陈友谅的同宗之人。元代礼部员外郎乃从六品官，掌礼乐、祭祀、朝会、燕享、贡举之政令，有点儿今日外交礼宾官员的意思。京都幕府将军慕其名，请他上洛当外交顾问，他因决意淡出政治而未从，但令儿子去了，精通医道的他还托儿子给幕府将军带上了礼物——“灵宝丹”。陈延佑的儿子叫陈宗奇，从小受过外交政治家庭的熏陶，因此得到了将军足利义满和后来的将军足利义持的重用，还被日本人以其父亲陈延佑的官职礼部员外郎而称作了陈外郎。陈延佑皈依于妙乐寺主持无方宗应，并和一个叫亮椿书记的僧人一起继承了他的衣钵，他出资在妙乐寺内修建了明照庵，在那里静静地安度晚年，直至1407年逝世，葬于明照庵。陈宗奇有子陈常佑，他没跟父亲去京都，而是留在了爷爷身旁，他后来改日名为平方吉久，成了做中国、朝鲜、日本三角贸易的豪商，他以法号月海之名在籍于妙乐寺，和当寺主持无涯亮倪保持着爷爷与老主持无方宗应一样的良好关系。

陈延佑去世十二年后的1419年6月，朝鲜由李从茂将军发战船227艘、率兵17000人突袭了九州外海的对马岛，焚烧岛上船只杀数百人俘虏数百人后旋即退兵，搞了个日本统管九州的九州探提涩川父子莫名其妙，京都室町幕府也仅有“蒙古、大明、朝鲜联合海军五百艘侵犯对马岛”和“进而攻大日本本土”的不准确的传闻，令人想起百余年前可怕的“元寇袭来”。在如何判断这后来被称作“应永外寇”事件的性质和采取何种应对措施上，陈延佑的子孙发挥了一定的作用。既摸不清朝鲜出兵来意也摸不清幕府将军的对策的九州探提涩川父子，找来他们的亲信博多商人兼僧人宗金商量如何是好。宗金说：“那好办，请出妙乐寺和外郎家即可。”

宗金替九州探提涩川父子献出一道计策：也做日朝贸易的他和在妙乐寺的平方吉久是朋友——平方吉久的爸爸是陈外郎——陈外郎是京都幕府将军的外交顾问，他可以直接见到将军足利义持并出谋划策。宗金找平方吉久去了，两人在高僧无涯亮倪面前商量出一套方案。然后，宗金带着平方吉久的介绍信上洛找到陈外郎，陈外郎见到足利义持，将涩川父子对朝鲜军来犯的汇报及他们想了解朝廷的对策的意思婉转地转达了上去。陈外郎在转达情况后，也提出了自己的建议，令将军决定先派出一个使节团去朝鲜打听他们打对马岛的用意，任命的使节团正副团长正是妙乐寺高僧无涯亮倪和陈外郎之子陈常佑——平方吉久。

一个以妙乐寺僧人无涯亮倪和陈外郎之子平方吉久为正副大使的访朝使节团组成，带着足立义持的外交文书从博多出发了。他们带上重礼，委言是向朝鲜敬请经书而来。朝鲜国王世宗接见了他们，还礼大藏经一部。他们乘世宗喜悦时婉转地试探了对马岛之事。使节团从世宗口中听到：“经本朝和大明、日本共同努力，东海倭寇之势沉寂有年。不想今夏又有残余结聚五十余艘贼船窜往大明，回程又猖狂骚扰抢掠我疆土国民，故朕下决心乘隙派重兵捣毁倭寇在对马岛的巢穴。吾军速战速决，功成即退。当朝并无进犯日本本土之意，请转告贵国国王、将军、政府，大可安心。”

听到这句话，使节团的任务圆满完成，于1420年闰正月回国。朝鲜国王世宗为对日本将军回礼，派了号为老松堂的文官宋希景率回礼使团随同妙乐寺使节团来到博多，再去京都向幕府将军当面作出解释。即使如此解释，幕府将军还是有些不愉快的，之后的故事还很长，但最后还是通过外交交涉的手段避免了因“应永外寇”而引起一场日朝国际战争。而在这场外交交涉中，陈外郎父子功不可没。

却说陈延佑托儿子陈外郎带给幕府将军的“灵宝丹”，放进帽子里，可发清香可除毛发中的臭气，因此它也叫“透顶香”。“透顶香”是以麝香、丁香、樟脑、薄荷等配成的成药，它可清凉消口臭、止咳化痰，对中暑、晕船晕车、恶心呕吐、胃痛牙痛都有很好的疗效，颇似后世出现的仁丹，它被幕府将军受用。陈延佑去世后，在京都的陈外郎仍常托留在博多做生意的儿子陈常佑——佑平方吉久去中国做生意时带回配置“透顶香”原料，做成成药送给幕府将军。及至近代，“透顶香”被陈氏后代制成了面向民间的药，被起名为“外郎药”，成了日本成药之祖。陈氏家族是外交世家，还是医道世家，还是美食世家。他们依照透顶香的味、色、香，用米粉、麦粉、蕨根粉为主料，做出一种形美味绝的茶点，它又因分别配以黑糖、白糖、小豆泥、日本抹茶而分出几种颜色来，形状颇似羊羹。这种茶点开始只是陈氏家族招待客人和自家享用，经世代流传，最后进入民间成了日本名食之一的“外郎糕”。

“外郎药”也好，“外郎糕”也好，它们都被写成日文的“ういろう”,“ういろう”的发音是 WEIYIRO，就是日文“外郎”之发音。

今日“ういろう”被称为静冈县小田原的“名物”——

特产，是因陈氏后代外郎藤右卫门在那里经营“ういろう”的作坊店铺。“ういろう”还被称为名古屋“名物”特产，还被称为山口县“名物”，均有各自道理。我想象会不会是陈外郎的子孙们辗转迁移到了日本许多地方，或其他地方的日本人学到了陈氏“ういろう”手艺。

回到博多妙乐寺来吧，它于1586年遭遇兵火而烧毁，又于1600年在早于它多年就存在的博多两大禅宗寺院圣福寺和承天寺的中间重建，陈延佑的小院“明照庵”也随之重建。如今，你可以在“明照庵”前右手看到一块石碑，上刻“ういろう传来之地”。

睹物思情亦思人

锦带桥

山口县第一大河锦川，在大山中转来转去三百公里，转过最后的一个三百六十度的大弯，向东折经岩国市区进了濑户内海。最后的大拐弯处的河道有两百米宽，就在那河面上架着一座桥，叫作锦带桥，它奇特又美丽，被列为日本三大名桥之一。

它奇特在哪里？我们见过许多像罗锅像眼镜的石拱桥，也见过许多木结构的廊桥，而锦带桥是石墩和木拱的巧妙结合，这种工法的桥在世界上都是珍奇的：河中间垒起四个高大石墩，再在它们之间起了三个木架拱，从两边河岸往石墩上又用木柱支撑起两个木架拱，加在一起它是个长 193 米、宽 5 米的五孔桥。它的木拱曲线很美，有如长虹。你从桥底望那拱的木结构，复杂严密又艺术，这都是美。再美就是它映在水中的倒影、春日陪衬在两岸连绵着的樱树开花、秋日里周围的红叶似火了。

离锦带桥不到 300 米远，有一个吉香公园，公园里有一座叫作吉川广嘉的人的铜像。吉川广嘉是江户时代前期的武士，是岩国藩第三代藩主。公园旁有吉川史料馆，在那里可以知道吉川广嘉是岩国文化之祖，他治藩时从锦川河口的海涂地中开垦出大片可引水灌溉的田地，他奖励造纸、开发铜山……还有一个丰功伟绩就是建造了那座锦带桥。

当然造桥的人是许多能工巧匠，说吉川广嘉建造了锦带桥是指作为藩主的他有建桥的想法和决心以及有能力指挥建桥。那段锦川上原本是有桥的，即打木桩架起来的木板桥，但那种木板桥总在河川涨水时被冲毁漂走，吉川广嘉一直就在想怎样才能造座水冲不走的桥呢？吉川广嘉虽然是个武士，但他生来体弱多病，1665年他请长崎的僧人独立给他看病，是这位僧人既为他作了医疗，也为他多年苦想的水冲不走的桥展示了蓝图。

僧人独立，原名戴笠，号（字）曼公。是万历年间（1596年2月29日）生于杭州的明人，进士出身，是个博学家，会写诗文，精书法篆刻，通医术，曾得明代名医龚廷贤真传。明亡，戴笠不愿俸仕清廷，于1653年3月流亡到日本长崎，那时他已57岁了。他刚到长崎时寄寓于同是杭州出身的名医陈明德家，同年秋在陈明德家与朱舜水相识。1654年黄檗宗高僧隐元来日，戴笠皈依佛门，遂成僧人独立。1658年，隐元谒见幕府将军德川家纲时，他曾作为书记随行。僧人独立将他师父龚廷贤的《万病回春》和自著《痘疹治术传》等医学书带到了日本，他在长崎行医名声很大，所以吉川广嘉邀请了他。他不仅为岩国藩主和藩主的家人看病，还在之后两年多次来岩国，为普通人治病，并将医术传授给了岩国藩藩医。

在治病的过程中，吉川广嘉向独立讲了他想在锦川上架一座水冲不走的桥的念愿，问他如何才能设计和建造那么座桥。独立是在西湖边上生活过多年的人，他日本家中也有带图的《西湖游览志》，他拿来图给吉川广嘉介绍了苏堤。苏堤为苏轼率杭州百姓清西湖淤泥堆筑，为保里外西湖沟通，在堤上修了六座美丽的石拱桥。独立给吉川广嘉介绍了苏堤的规模和那六座桥的名字，被六座石拱桥隔开的一段段苏堤，在吉川广嘉眼中看似一座座小岛，启发出他先在锦川中间先筑几个小岛，再在上面搭成。他们商量出来的小岛，就是今日河川中间垒起的那四个高大石墩。

在石墩上怎么起拱呢？日本以前是没有石拱桥的，但正好就在独立初去岩国的三十年前的1634年，精通建筑技术的长崎兴福寺第二代住持高僧如定，指导日本人建起了长崎中岛川上的眼镜桥——日本首座石拱桥。独立给吉川广嘉介绍了那种造桥方法，但最后锦带桥石墩上起的是木头拱，那可是吉川广嘉独特思考和岩国工匠的巧夺天工了。

独立给吉川广嘉看的《西湖游览志》的图中还画有白堤，那上面有极为有名的断桥，独立还介绍了白堤上没画上的一座挺长的锦带桥。锦带桥，锦川！吉川广嘉的心中有了将来锦川之上的桥的名字。

戴笠——僧人独立，于1672年卒于长崎崇福寺内的自宅广善庵。岩国锦川上的锦带桥，动工于1673年，当年建成却又损坏，次年再以更精湛的技术重建成了今日能看到的奇特又美丽的样子。1950年的一场随着台风而来的洪水摧毁了它，岩国人于1953年按原样重建了它，又于2001年和2004年不惜重金将它修缮一新。

我于2004年黄金周从九州的福冈驱车经高速公路去大阪，归途经沿海的普通道路游览日本三景之一的广岛县宫岛。从宫岛又行30公里，进山口县不远，无意之中看到了岩国市旁锦川之上的刚修缮一新了一年的锦带桥，看得我心中惊奇、眼中生光。

吉川广嘉于锦带桥建成五年后的1679年去世，他有许多功绩被岩国人记载歌颂，其最大功绩是建造了锦带桥。僧人独立于锦带桥建成前一年去世，他为日本留下了医书医术，留下了许多墨宝，还开创了一个篆刻流派，但岩国人在给吉川广嘉建锦带桥记功时，总忘不了说是僧人独立给他提示展示了建桥蓝图，这在岩国成了佳话。

如今岩国市与杭州市结成了友好都市，锦川锦带桥与西湖锦带桥结成了姐妹桥，大概与这段佳话不无关系。

眼镜桥

假日里，常和妻子去佐贺县一个叫“山彦”的、入浴料五百日元的大众温泉去泡澡，那要开一个多小时的车。我们挺愿意浪费那点时间，因为那一路上要翻越油山脊振山两座大山，可饱览绿树红叶，看沟壑中溪流奔腾，似画似音乐。妙在返程有五六条路线可回福冈，每选新路走，总有意外景观收获。有回选县道 21 号走，走着走着，车窗外掠过一块写有“脊振眼镜桥”五字的木牌，我立即找块宽敞的路面将车子掉过头来——我想去看看它。

我爱看桥爱走桥。少时常听人讲某位长者、某有经验的人、某对社会有贡献的人、某历经沧桑的人，走过的桥比我们走过的路还多、吃的咸盐比我们吃的饭还多，就记住了要多看桥多走桥。因为看一座、走一座桥，必须得走更长更远的路。

记得上小学时去颐和园，觉得像出了趟远门。在那里除了长廊、万寿山，留下印象最深的莫过十七孔桥和玉带桥了，它们的造型太美丽太可爱了，我们还给玉带桥起了个外号叫“罗锅桥”——大人有大人的审美，小孩有小孩的审美。后来走过卢沟桥知道了它虽只有十一个孔，却是十七孔桥的祖宗，也知道了民族沧桑抗日风火，它不仅美丽可爱，更是伟大。我曾命运坎坷，“文革”时到处流浪，特意流到了赵州桥，“文革”中在赵州桥上哼段“赵州石桥鲁班爷修，玉石桥拦圣人留，张果老骑驴桥上走，柴王爷推车轧了一道沟”。小曲好不惬意。小曲虽如此哼，但那时已知赵州桥是一千四百年前隋代李春修，我好惊奇钦佩老祖宗的智慧！赵州桥还不算老祖宗，健在的老祖宗好像是一千七百年前的洛阳“旅人桥”。

上面所说诸桥，在中国叫石拱桥，因为它是石造，起拱。而在日本它们多叫眼镜桥，因为那起的拱，也就是那半圆的桥洞，和它映在水中的倒影，合成了一个圆圈，很像一个眼镜。我想大概是中国出现石拱桥时还没有眼镜，桥洞和水中倒影很容易让人联想起明月，日本出现石拱桥时早已有人戴眼镜，才有眼镜桥的冠名吧。

脊振眼镜桥就是座石拱桥，左也青山右也青山，它撑在脊振山连峰中穿流的城原川上。石桥壁上长满青苔，石缝中伸出小草荆棘，它已经在川上撑了百多年了，它一直撑住青山不撒手脚，始终望着身下溪水高低涨落，始终背负着身上人来车往。我倒车回首时已看到一座新修的现代桥梁，但它仍旧像对一个“山重水复疑无路”的人似的召唤我“从我身上过去吧，前面还是路！”我们走过去了，石桥那面是个小公园。有不少人从公园方向看它，看小公园下有一排喷水管，喷出一排水注射向桥身，水珠散向天空，折射成一道彩虹，刚好成了一座桥上桥，桥就成了虹下虹。开车的人大多不走脊振眼镜桥了，但它作为景观仍是现役。

脊振眼镜桥是单拱单孔的，是个单眼镜。你要是去看红叶的好去处大分县耶马溪，就会碰上像十七孔桥那样多孔的桥：罗汉寺桥三个孔、马溪桥五个孔、耶马溪桥八个孔。去日田英彦山走走，秀山里满眼红叶，耶马溪在谷中流淌，从一个接一个的多孔眼镜桥下淌过，多舒畅多田园，让人想起中国许多江南古桥和枕河人家。

人印象中的眼镜多是两个镜片，标准眼镜桥应该是双孔的。这在九州有许多，最值一见的是长崎眼镜桥。1982 年我在东京时就知道它了，因为那年长崎遇特大水灾，电视上映出了它，桥面被冲没了，两个相连的石拱却仍顽强地立在水中。那回我初知日本人管这种石拱桥叫眼镜桥，而因冲走了桥面，我看它确实像副只有两个圆片的老式眼镜。

移住九州，首访长崎，先奔了眼镜桥。长崎眼镜桥早已修复如故，依然美丽。与九州大多眼镜桥不同的是它不是手撑着这面山脚登着对面山，而是架在流经闹市的一条中岛川上。它比别的眼镜桥享誉日本，是因为它是日本最早的石拱桥，建于 1634 年，见证了长崎四百年历史。我后来多次去看长崎眼镜桥，一年看到桥畔多了座铜像，像是长崎唐寺兴福寺从中国来的第二代主持如定默子禅师，有介绍说是他指导修建了那座眼镜桥，成为日本石拱桥的元祖和样本。又一年，桥畔多了座洁白的大理石雕像，一个中国少年和一个日本少女坐在一条龙身上，述说着一个古老的传说——他们同心协力制服了呼风唤雨的凶龙。

如定默子禅师将建石拱桥的技术传授给了日本的石匠，在日本特别是九州地区，石桥和眼镜桥如雨后春笋般出现，现在光九州就有大小千余座。比如熊本县的一条不算太长的绿川上就有六十座。熊本地区眼镜桥多，是因为县内的种山村出了许多会造桥的石匠，其始祖叫藤原林七，其代表人物是他的女婿岩永三五郎和他的孙子、三五郎的外甥桥本勘五郎。

藤原林七在锻冶屋谷建造了“镜桥”，今日那桥旁有座“石匠馆”，描述了眼镜桥的历史。桥本勘五郎原名丈八，他和他兄弟宇市、勘平，在建造灵台桥（1847 年）和御船川目镜桥（1848 年）的过程中已积累了大量眼镜桥的建造经验，最后于 1852 年至 1854 年，费时一年七个月建造了有名的通润桥。

实地踏访通润桥，看到它架在二三十米的深谷之上，先就惊叹不已。走上去看，并无桥栏杆，站在桥上往下看深谷，心惊肉跳，生怕一失足掉下去摔成肉饼。宽六七米的桥面上有三条一米宽的石道，那下面是三条石涵洞，原来此桥不是行路桥，而是引水桥。它从远方的笠原川引来水，以逆虹吸原理送到了桥那边群山围拢的一片高台地，使它变成了良田。看到它，让我想起中国河南林县“引漳入林”的“红旗渠”，觉得大有相似之处，都表现出劳动者的高度智慧。通润桥的两腰上还有闸板，节假日或秋后水足不用时会被打开，那时从石孔中喷出两道飞瀑泻落深谷，又构成了一座水的眼镜桥，看到它真“疑是银河落九天”了。

坐在佐贺脊振眼镜桥旁的小公园里，我想到又走过了一座桥就是又走了许多人生路。我还想起许多曾走过的九州的眼镜桥，想起桥旁的风景和历史：

长崎县谏早市眼镜桥，是个双孔石拱桥，长近五十米，它自 1839 年起就卧在本明川上。1958 年本明川涨水，坚固的石桥挡住了上游漂来的木头树枝，造成浊流泛滥横行市区，屋倒人亡，1961 年扩幅本明川时，将它移到了谏早公园内。如今它跨在一塘池水上，被郁郁葱葱的一环楠树围拢，构成了美丽喜人的景点。

郑成功出生地长崎县平户岛的镜川上，有一座单孔眼镜桥“幸桥”，它又叫“荷兰桥”。桥旁一个小屋里，展示一条铁制的荷兰船锚和一条石制的中国船锚，见证着曾因与荷兰和明朝中国做贸易而繁华一时的平户历史。

福冈县甘木市秋月是个古色古香而又儒风厚重的小城，有一座单孔石拱桥——“目镜桥，是小城的门户。“目镜桥”下溪水潺潺，桥旁春有菜花、樱花开放，秋有红叶似血。秋月离我住的福冈不太远，我总爱去，总爱在它的“目镜桥”桥上坐下小憩。

走过多少眼镜桥，看到它们时脑中总会浮出长崎的眼镜桥，想起它是九州眼镜桥的始祖，想起建造它的是来到日本的中国和尚，想起中日古代文化艺术技术的交流。

唐人屋敷

长崎市中有一区土地叫作馆内町，町名缘起于这里曾有一座占地三万平方米的“唐馆”。唐馆更多地被日人称作“唐人屋敷”，它是日本江户时代锁国政策的产物与象征。

日本德川幕府于1612年宣布了“禁教令”，于1633年和1635年分二次宣布了“锁国令”，加上许多具体法令，规定日本人不准去海外，已在海外的则不准回国，规定了长崎为唯一贸易港，贸易额也有限定。也令由九州各地聚来长崎定居的唐人成了“住宅唐人”，而乘船来做生意的唐人成了不再允许定居的“来航唐人”。德川幕府从1634年开始在长崎湾内填海造了个人工岛——“出岛”，把做生意也有宣扬天主教嫌疑的葡萄牙人给圈了进去。后又干脆将困居出岛的葡萄牙人驱除出境，于1641年令原在平户的荷兰商馆搬了进去。至此，来长崎做贸易的外国商船只剩中国、荷兰两家，也算锁国完成。

可以算出，那个时代正值中国明清交替之际。明锁国，清初建时亦下过“禁海令”“迁界令”，待清江山坐稳，于1684年发布了“展海令”。“展海令”下，令来长崎的唐船逐年大增：1684年24艘，1685年85艘，1686年102艘，1687年115艘，1688年193艘，1688年来航的唐人达到9128人。唐船唐货忽忽地来，除去限定的贸易额外，还发生了港内港外的走私，日本银子哗哗往外流，日本顶不住了。为防与日人接触，长崎奉公所借口来航唐人与市里日人妻女私通，造成许多纠纷，于1688年动工、1689年4月建成了唐人屋敷，强制来航唐人住进去，直至归航。

除去砖石建造的三座庙堂，唐人屋敷大部分建筑物今已不存，幸有当年画家画下了多幅它的景致图，可令今人按图索骥地看到它的原形风貌。

唐人屋敷坐南朝北，基本可算长方形。它分成内外两院，外院小，进大门的右手有两栋大房子，是负责监管的日本官员居住的“乙名部屋”和负责联络事物兼翻译的唐人官员居住的“通事部屋”。左手有口水井，旁边有驻警卫的“改所”，有卖衣帽杂货的“诸道具人”，有块由日本人买青菜罗卜、豆腐咸菜、生肉鲜鱼、柴火给院内唐人的小空场。还有一间木笼子牢房以关押违纪唐人。这外院大门是红漆的门，因岁月流长更换数次，最后更新的大门如今保存在长崎唐人寺兴福寺内。

从外院进二门——“长尾门”，先踏上一片挺宽绰的广场，可见正面一座匾额上书“福德宫”三字的“土神堂”，“土神堂”前有一水池，上面架着一座小桥，颇有小桥流水之境界。从有的景致图中，可以看到有唐人在“土神堂”内烧香乞拜土地爷“福德正神”，有唐人在它前面广场铺毯而坐，饮酒作乐、掷色子赌钱，有的景致图中能看到“土神堂”的广场上搭起了戏台在演唱赐福、四绣旗、三侠剑、辕门斩子、和番、打店、救皇娘……那广场右侧有一栋“仙人堂”，它也叫“牌位堂”，里面供着来长崎途中及在唐人屋敷滞在中死去的唐船船主、船员的牌位，待聚够一定数目后，送他们魂归故土。

土神堂右侧有条路。顺路往后走，右边松散地排列着几栋小楼小院，小楼中有的人临窗读书，有的人在欣赏着窗外的松树和正绽开的各种花。路左边有卖烧酒的小铺儿，正在和面烙着香饼的小铺儿，还有一拨儿人当街摆上小桌儿“楚河汉界”地下象棋、黑子白子地下围棋。再往后走，可看到一丛翠竹下一池清水，有大老爷们儿用桶从池中吊上水来洗着衣衫。一队提着灯笼、敲着锣鼓的人，拥着两位戴红顶帽子穿黑皮袍的贵人，往那条路的更深处走去。贵人们双手端着盖着红绸布的小供桌，恭恭敬敬地迈着方步，保持着供桌上的小人像纹丝不动。前边那位端着的是关公，后面那位端着的是妈祖。路尽头是一座叫天后堂的妈祖庙。那队人要将关公和妈祖供到那里去。

从妈祖堂左拐，看到一间浴室，有人拿着木盆手巾走进走出，几只羊、几只猪、一群鸡在走动、啄食……路延伸到大院东南角，那有座观音堂，里面供着观音娘娘和关帝老爷。

以上土神堂、妈祖堂、观音堂均为唐人屋敷落成几年后，由唐人自行建筑，它们曾几遭火灾又重建，最后形成石台砖墙瓦顶的坚固建筑物，因而能保留至今。除去它们，大院宽广的地面上建的是二十余栋日式二层“长屋”——排屋。

“长屋”楼上供运货而来的唐船船主船商及高等水手住，楼下则住普通水手，也有房屋做炊事间。那些“长屋”可同时供两千余人居住，年收容近万人。说到炊事，除去唐船自载而来的食物，不足之果蔬鱼肉柴火则可在外院特许的日人摊位上采购。

唐人屋敷大门外墙上挂有告示板，上书无特批之唐人不得外出、倾城以外之女子不得进入、出家山伏诸劝进之者并乞丐不得进入三条门禁。

第二条的倾城指长崎花街丸山的青楼女子，唐人屋敷建造原因之一是防止来航唐人与市里日人妻女私通，而却允许青楼女子进来投怀送抱、照料唐人生活，实在是挺有意思。她们根据进出岛荷兰商馆的青楼女子被称作“荷兰行”地被称作“唐人行”。最初的“唐人行”在唐人屋敷外院的“乙名部屋”登记后，可进内院逗留一至三日，后来可在高级船员处一次逗留十日，下等船员处一次逗留五日，再后来可以连续登记，直住到唐人返航，一住数月。“唐人行”的服务精神真是体贴入微，她们不仅仅是给唐商唐人做一夜妻、数

夜妻、数月妻，她们会随唐人演奏的乐曲载歌载舞，她们能给吟诗作画的唐人秉灯研墨，她们会像家庭主妇一样料理唐人的饮食起居……既是荡妇又是贤妻。她们有时会得到唐人偷偷夹在随身行李中带进唐人屋敷的一些珍贵物品，裹进里三层外三层的和服中带出唐人屋敷，但常会在二门“长尾门”挎刀的“番检”搜身时露馅告败。她们的正当收入是在唐人返航后凭着登记证明去长崎会所去领取颇丰富的“扬代银”——唐船运来的白砂糖、布匹、杂货、洋玩意儿，再转手卖得金银。

关于“无特批之唐人不得外出”，我们可再依景致图看看唐人屋敷的外围，先见一道砖砌围墙，围墙外边又有一圈深壕，深壕外边更有一圈竹篱笆，围壕和篱笆之间，四角四边，大门二门都有叫“番所”和“辻番”的哨所，那里驻扎武装哨兵。原来这三万平方米的唐人屋敷是个密封着的大院，来航唐人抵长崎，除去登陆离岸时可将他们船上供着的妈祖像关公像送往市中唐人寺寄放和迎回，船主船商在指定日去“长崎会所”做唐货交易、工匠修理船只，偶遇长崎盛大祭日，除可在军士看护下外出以外，在唐人屋敷滞在的数月间是不得外出的，故有人称其为“没有笼子的牢房”。虽然唐人可以在大院内自由饮酒作乐，虽然有青楼女子进来投怀送抱，但他们还是想呼吸一下外面空气见见世面情景。偶有偷隙闯出大门的唐人，还是会被街中巡逻抓捕，绑回外院的牢房中。久而久之，大家都憋了一肚子怨气，遇上一个有理由的机会就集体爆发叫作“骚乱”的反抗。比如1835年，因限制为一位病故的唐船船主出殡的人数，引起300唐人占据唐人屋敷的大“骚乱”，引来千余藩兵来镇压，并逮捕了180名唐人，有很多图画描绘了那些大“骚乱”。

唐人屋敷第三条门禁“出家山伏诸劝进之者并乞丐不得进入”的“山伏”是指非佛非神专做修行的“受验道”人。虽没写明其他的哪些日本人可进，但实际能进去的还是极少数官员和有名气的文人。曾有日本走私商人挖地道进入唐人屋敷以海参、鲍鱼、水獭皮和金子，换回大量白砂糖、精细的茶具碗碟和以后可伪装唐人的唐人衣裤，再以高价贩卖到民间，获得不少利润。但有人最终被官府——长崎奉行所发觉，遭遇枭首示众和流放孤岛的刑罚。

那些在唐人屋敷一憋数月的唐人们闹事毕竟少，那么除了有青楼女子来陪伴，他们还都干点儿啥？那时的唐船唐商，不乏儒者、书法家、画家、音乐家，他们写诗作画、吹拉弹唱演戏。普通船员们则会依季节搞放风筝、舞龙，制作灯笼过元宵节，这些艺术和习俗通过能进唐人屋敷的青楼女子和少数日本官员文人传到市井，成了至今尚存于长崎的“明清乐”“唐人踊”“唐子踊”“看看踊”等歌舞表演和“舞龙”“赛龙舟”“长崎灯会”“精灵流”等年中行事。

1853 年六月和 1854 年正月，美国东印度舰队司令贝利率领的黑色舰船两次来到日本，以“炮舰政策”打开了日本的门户。1858 年起，日本相继与西方列强签订了“亲善条约”，放弃指定长崎为唯一贸易港和种种限制的锁国政策，同意开放神奈川、函馆、长崎、神户等港为自由贸易港，建立外国人居留地和领事馆，解除了对天主教的禁止……最后居住在唐人屋敷里的一批唐人终于突出禁锢走到市中，成了首批近代日本华侨，唐人屋敷亦名存实亡。1868 年，长崎泉州人在那里面建成了后来更名为“福建会馆”的“八闽会所”，1870年，一场大火将唐人屋敷里的木建筑“长屋”焚烧于尽。

唐人屋敷180年历史，里边演出了千万喜怒哀乐剧，但主体上说，它对锁国政策下的日本中国商业交易和文化交流，起了不可磨灭的重要作用，作出了巨大的贡献。来航唐人的唐船载到长崎的货物能堆成山，没有唐人屋敷时的来航唐人就住在市中已落户生根的住宅唐人或与他们相熟的日本人家中，货物也存放在他们家中或仓库里。有了唐人屋敷的前十年，虽然来航唐人被强制居住于此，但货物还是存在市中仓库里。1698年，一场大火将长崎兴善町和附近二十二町街道房屋烧毁于尽，也烧毁了存放在那里仓库中的二十船份的中国货物。三年后，由市中地商出资，在唐人屋敷门前的海中填海造起一处建有多栋库房的巨大仓库，它被起名为“新地藏”，也叫“新地荷物藏”。“新地”即填海新造出来的土地，“荷物”是货物，“藏”，仓库也。

日本开国后的1859年，居于唐人屋敷的唐人有七八百，他们有三分之一搬到了新开辟的外国人居留地，三分之一就近挪到了“新地”，三分之一仍居于唐人屋敷而在“新地”营生，加上日本开国后来的清末唐人，他们在“新地”做贸易，聚成了今日“长崎新地中华街”。你漫步“长崎新地中华街”时稍留意，可发现在街正中有块石碑，上刻“新地藏跡”四字，它告诉你这中华街是坐落在昔日唐人屋敷的大仓库之上，也可领会成“长崎新地中华街”脱胎于一个封闭的老中华街——唐人屋敷。

1937 年，日中战争全面爆发，在“新地”的一批中国贸易商回国，留下的一批中国人转行开饭馆和杂货店，几经改造形成了今日以酒楼和中华食品杂货为主的长崎新地中华街的格局。1972 年日中复交后，长崎新地中华街修建了中国牌楼式的四门，使它更趋完整完美。

石垣岛唐人墓

在日本，尤其在九州各地，有着许多中国明清或更早的中国人居住的街道和中国人墓地，它们被叫作唐人町和唐人墓。在属于九州地区的琉球诸岛的八重山列岛的南端，有个石垣岛，它离冲绳县首府那霸挺老远，却离台湾很近。石垣岛上有日本面积最大的红树林，海中有美丽的珊瑚礁，岛北有个平川湾，那里澄澈的海水的颜色会随阳光落晖和观望角度而千变万化，湾内又有“真谢离”等小小绿岛点在，犹如画中画。岛西南的观音崎上有为船舶指航的灯塔，与灯塔隔一条公路处就有座唐人墓。这座小岛上的唐人墓大概是九州最漂亮的唐人墓了，其中合祀着 128 名唐人，那些唐人并不是生活定居在石垣岛上的唐人，而是远渡太平洋途中，魂丧小岛的华工。

所谓华工，是西方国起的词，实际是被骗到海外做苦工的华人，因此又有苦力之称，因为他们出国都交了一笔费用、签了一纸契约，就称作了契约华工，它还有个别称叫“卖猪仔”。魂丧石垣岛的 128 名唐人，就是 1852 年二月二日（阴历，下同）乘坐美国“罗伯特 · 包恩号”船赴旧金山的 410 名华工中的一部分人。

“罗伯特 · 包恩号”船发厦门，载的 410 名华工大多是厦门、泉州、漳州、汀州诸县人，那时海船不似今日客船之宽敞，400 多人挤在狭窄的舱中，可以想象供食和卫生条件之恶劣。船近琉球时，船长布莱生命令华工走出船舱，强行剪去了他们的发辫，还用冷水和扫帚冲刷他们身体，令许多人卧病不起以至死亡，船长又令水手将死者抛尸海中。那是1852年啊，是清朝咸丰年间，人们早已习惯留辫发200多年，强剪发辫自然令他们感到遭受极大侮辱。那是阴历二月啊，拿冷水冲扫帚刷来消毒搞卫生，对牛马也不能如此啊。想到路途还遥远，还不知会有多少人被鞭打折磨死，400 多人忍无可忍，终于在厦门人陈得利和龙岩籍的刘金前等人的带领下，于出发的第 9 日，船行至台湾东方 700 公里的海上，奋起反抗举行暴动。他们杀了船长、大副和四名水手，控制了“罗伯特·包恩”号，令船向着厦门方向返航。不料，船经石垣岛附近触礁搁浅，船中 380 名华工不得不带着一名水手下船登上陆地，又不料四天后船又离礁驶往厦门，那 380 名华工被抛弃在了石垣岛上。

当时的琉球实已在日本萨摩藩支配下，但表面还维持着独立和接受清廷册封，政府会按照惯例将漂流到它的领地石垣岛的唐人派船送还，政府便一面命令当地官府设立收容所来收容那些华工，一面设法与清廷联系。当时的石垣岛上住民生活艰难，且流行疟疾，但岛上官府“藏元”还是于二月二十七日为那些华工设置了临时收容居住的“小屋”，岛上居民本来食物就不多，还是挤出部分来给华工们吃。

得到消息的美国驻厦门领事馆委托了两艘英国军舰，分别于三月十六日、十八日到达石垣岛，向着收容所开炮，还出动200名武装军人登陆，进行逮捕和追杀，其中3名华工当场被射杀，2名被迫自尽而亡，14名被抓，余下的大批手无寸铁的华工逃进了山野中。五月四日，美军的一艘军舰赶到，又进行一番疯狂搜索。两次军事行动，共逮捕带走了数十名华工。当时石垣岛上流行疟疾等疾病，事件前后有着2万人口的当地居民有近1/10死于疾病，那些躲进山野的华工也有百余人因染上疟疾等病而亡。使得登上石垣岛的380华工除去被抓捕回去的人外仅余172名生存者。

那正是美国佩里舰队以“炮舰政策”打开日本国门的前

一年，琉球海上也是风云紧迫，当时的琉球并无军队，只能眼睁睁看着英美军队为非作歹而去。但是善良的石垣岛民们保护了生存下来的172名华工，他们把自己不多的口粮——白薯送给匿于山野的华工吃，将分散的华工重新聚于收容所，琉球政府也派来了医官给华工治病。生存下来的172名华工最后于次年九月，得到琉球国王世子的咨文护照，乘坐琉球王府派出的两条船，回到了福建家乡。

不幸死于石垣岛的128名华工被石垣岛民立墓掩埋了，那些星星点点的坟墓笼统称为了“三百唐人墓”。石垣岛名出自岛上民居围墙是石头垒的，石垣岛的坟墓也是用石头垒起或围起来的，那“三百唐人墓”经百余年沧桑和日本战后的土地开垦，残破消失了。1970年，石垣市成立了唐人墓建立委员会，将散落的“三百唐人墓”墓碑收集起来，一部分藏于石垣市八重山博物馆，一部分用于筹建唐人墓，1971年9月，由岛民和岛上华侨华人出资和协力复建了“石垣岛唐人墓”，复建的唐人墓是闽南风的牌楼式建筑物，飞檐挑得高高，五彩斑斓，甚是美观，牌楼背后是一个很大的圆形大冢，里面封藏着原“三百唐人墓”部分墓碑，牌楼和墓的周围配以花草树木，俨然成了个公园。“石垣岛唐人墓”牌楼上有蒋介石的题字“石垣岛唐人墓”。牌楼前方左侧有一块石碑，上书时任琉球行政主席的屋良朝苗的题字：希望出现一个没有人歧视人，不再重演仇恨和残杀的人类和平社会，以祭奠长眠于此的异国人之灵。（笔者译）

如今，“石垣岛唐人墓”成了祭奠死难华工之地，成了控诉野蛮时代和祈求和平之地，成了日中友好象征之地，也成了石垣岛上的观光胜地。中日复交后的1980年，福州市市长曾到此访问、烧香献花。笔者于2012年2月1日到此，烧上石垣岛制的黑香，念词“老前辈们，我们来看你们来了，愿你们安息。”归后作下此记。

琉球狮子

到冲绳，在故琉球王国的王城首里城第一门欢会门和第二门瑞前门前，你都会看到左右两个大石狮，在首里城旁的尚氏王陵墓玉陵的栏杆和陵顶上都能看到石狮子，在冲绳的许多民居、建筑物的门前、屋顶，道边和村落的高台上，你都会看到石制陶制泥灰制、或大或小的的狮子，甚至可以在饭店门前看到捧着碗吃饭的狮子、旅馆里金属制的狮子水龙头——那些狮子的名字叫“シーサー”。“シーサー”发音“西萨”，是冲绳人读“狮子”的音，还有种说法是说它是“狮子”和“桑”的日语发音的头一个字母之组合，即“狮子桑”。它是传说中的神兽，是消灾避邪除魔的镇物，它曾是琉球王国的象征物，现在是冲绳的象征物，它的形象于冲绳无处不在。

冲绳和日本本土都是没有真狮子的，日本本土的狮子像经由朝鲜来自中国，变成了“唐狮子”，而从福建直接传到琉球的则成了“西萨”。中国除去动物园马戏团之外也是没有真狮子的，现在的狮子仅生存于非洲和印度一带，从中国传到冲绳和日本本土的狮子是它的造型像，日本人也常把狮子的源头追溯到埃及金字塔前的狮身人面像那里去。

在冲绳首府那霸市西靠港口的地方有一划地域叫久米町，以前叫久米村。明太祖朱元璋于1392年向琉球派送了三十六姓闽人，他们聚居的地方叫成了久米村，他们给琉球带来了大型船舶的建造、操纵、航海技术，充当了王朝外交文书作成的顾问、中国语翻译，他们的许多后人成了琉球王国的官员。是三十六姓闽人将制作石狮子的技术和风俗带到了琉球，变成了“西萨”——琉球狮子。

置于村庄路口的琉球狮子多是一只，而建筑物门旁的多是成双成对。它们不像中国宫殿寺庙府邸前的石狮子那样雄狮爪玩弄绣球雌狮爪抚弄幼狮，而是雄狮张着嘴巴喝退邪恶吐出厄运，雌狮合着嘴巴把幸福留在家里，它们的造型来自闽南泉州的风狮爷。风狮爷是以狮子造型做成的驱灾避邪镇风的镇物，多见于厦门、金门、台湾三地，其中金门最多，现存 68 座，此三地有风狮爷，是因为台湾海峡多强烈的季风台风，常摧毁庄稼和房屋，需要有镇风的镇物。琉球亦属此“风圈”或“文化圈”，故琉球狮子和风狮爷常被相提并论。

三十六姓闽人后人中有个叫蔡应瑞的人做了官，他曾奉王命到福建学习风水地理。在冲绳本岛南部的八重濑町富盛地区古名富盛村，那里经常闹火灾，村民们找到久米村的蔡应瑞来看风水，蔡应瑞指着村对面的163米高的八重濑岳说那是火山，乃火灾之源，可在对着它的村口立石狮避其邪，村民们于1689年立起了一座高163厘米、长175厘米的造型很美的大石狮子，从此火灾渐绝。有意思的是它被写成“富盛石雕大狮子”，狮子写成汉字而未用日本片假名表示。在此之前的琉球狮子多为王家、大户所立，而“富盛石雕大狮子”始开村落道端立石狮之风。

在冲绳还是琉球王国的时代，琉球狮子还局限地设立在王城王陵、寺庙神社、士族家、村落道口，那时对房屋住宅有很严格的等级限制，比如官僚士族家房顶可苫瓦，平民百姓家房顶只能铺葺茅草。到了琉球王国并入日本后的明治维新时代，准许平民百姓家房顶苫瓦，琉球狮子迅速地立在了普通人家门前，跃上了普通人家的房顶，它成了千家万户的招致幸福吉祥驱除妖魔鬼怪的守护之神。

许多冲绳民居苫的是红色瓦朱色瓦，在那些瓦顶上放置一座琉球狮子，真是别样风情。由于历史和技术的积累，冲绳有着许多制作琉球狮子的工坊和职人（工匠），他们将狮子制作得威武又可爱，那些狮子长的模样既像闽南的风狮爷，也融进了像日本本土的放置于神社的“狛犬”——狮子狗的形象。他们更制作了形态万千惹人喜爱的可做室内摆设的琉球狮子，你会发现做成摆设的琉球狮子和在闽南买到的泉州风狮爷摆件有着异曲同工之处，它在冲绳市中陶器店礼品店均有卖，你不妨买个小的带回家去。

闽南风狮爷常和石敢当相提并论，泉州建筑物中多有同时嵌入风狮爷和石敢当的，给人予以风狮爷是石敢当的一种的印象。冲绳有着日本最多的石敢当，也常和风狮爷相提并论，在那里你可以看下半身是石敢当石柱上半身是琉球狮子的镇物，也可买到同样的工艺美术摆件。

嵌入日史的华人

何钦吉和陈明德

说两位医生：何钦吉和陈明德，日本名分别为一官何钦吉和颖川入德。

九州东南有块被鳄冢山和雾岛山东西合围出来的小盆地，那上面有座城市叫都城，都城人口有十七万，是宫崎县第二大城。那里是影视界名人、卸任不久的宫崎县知事国东原英夫的老家，那里发生的牛的口蹄病还令人记忆犹新。天然的盆地，一条叫大淀川的河流的流经，使它富足，早年间就成了萨摩藩的重要领地。它虽不靠海，但在南方百余里的海上却有块“飞地”内之浦湾，可做海上通道。

16世纪的萨摩大偶，是北部九州松浦地区之外的又一个倭寇据点，那时有不少明人被掠而来。大偶的高须就有二三百明人在监视之下做着过重的农牧劳作，其中有特殊才能的则被选作奉侍各地领主，比如太守岛津义久的侍医许三官(本名许仪厚、日名高樋三官)。到了中国明末动乱时，又有许多人从东南沿海乘船来到日本九州，其中有些人就从内之浦登陆来到都城，据说最早一批人是在1587年来的，在他们居住的地方形成了一区唐人町。1646年，从广东潮州乘船的一官何钦吉、天水二官、江夏生官、清水新左、济阳清官一批人，也是在内之浦登陆，住进都城唐人町的。他们到来的前五年（1641年），都城第十五代领主北乡久直去世了，第十六代领主北乡久定迟至1656年才被确立，中间空白的十五年执政都城的是北乡久直的遗孀春岑。

何钦吉精通医术，他被聘为春苓的侍医，享受二十石米的俸禄，直到自己去世，整整做了十二年侍医。十二年中，何钦吉不仅为领主遗孀和许多平民看过病，还写下了不少关于医术和医药的著作，培养了不少汉医学生。他为人治病，积极推广的是中医疗法，为了配药，他经常亲自到山间采集草药。有一次他在都城城东的鳄家山东岳附近的山中（今三股町樟山）挖到了竹节人参，不禁大喜。竹节人参在中国的云南、贵州、四川、湖北、江西均有生长，它可清热解暑、生津利咽、开胃去痰、散血活血，可止牙痛，也可做跌打损伤药，是种珍贵药材。何钦吉采集并向当地居民介绍推广了竹节人参。而在这之前，日本人只知道价格昂贵的高丽人参和中国长白人参，未曾想到过自己的国土家乡亦有人参，从此将何钦吉发现和推广的竹节人参叫成了日本人参、萨摩小人参。至今，日本汉方药的小柴胡汤、麦门冬汤、理中汤、半夏泻心汤中都配有日本人参——竹节人参。

和何钦吉一起来的几个中国人怎么姓天水、江夏、清水、济阳呀？那是后来记录下来的，大多取自他们在中国出生地的地名。就是何钦吉的后人的姓也改为天水了，他的坟墓也在都城唐人町的天水家墓地中。都城的唐人町如今改称为中町，但老住户还称其为唐人町。中町处于都城中心位置，其地和附近集中了百货公司、邮局、多家医院、市政府、许多部门所在的“合同厅舍”。那里的许多墓地因此迁移到了离市中心稍远些的市营墓地。

何钦吉的坟墓迁移到了都城西车站不远的鹰尾一丁目市营西墓地中。何钦吉的坟墓是座被保护得很好的石造坟墓，天然石头的墓碑上刻“业岐心恒居士何钦吉墓”，两旁刻字“生于广东潮州澄海县”“逝于万治元年九月二十九日”，墓旁醒目的标志上写着“史迹 县指定文化财 何钦吉墓”。

何钦吉之墓为什么被宫崎县指定为文化财遗产？是因为他对那地方作出过贡献。他的医术、医药著作已经失传，但都城人总在缅怀何钦吉的功绩，他们将其尊为“都城医学鼻祖”。何钦吉的著作失传了，但他身边之物还在，那是他乘船来日时携带的保佑海上安全的妈祖及其左右二将顺风耳、千里眼的石像，如今保存在都城历史资料馆。

多次驱车从福冈去熊本的天草下岛，看望在那里的养老病院当医生的叔叔，归途则从那里渡海，经长崎的岛原半岛回福冈，为的是看看美丽的半岛海岸风光，顺便在途中的温泉乡小浜泡个澡。有一年，在樱花盛开的的四月初，在小浜巧遇“小浜温泉汤祭”。这是小浜市一年一度的盛大祭日，活动包括祭祀祖神、小孩子的游行、妇女的化装游行、各种舞蹈音乐表演，直到夜间的焰火大会。

那祭祀活动最先是在小浜的真宗大谷派传明寺内举行，人们先在寺内一块叫“入德师翁碑”的功德碑前献词献酒献花，然后到小浜神社祭祀温泉之神——“汤神”，再后才是各种庆祝活动。我看了那块功德碑上刻的字，简译为中文是：颖川入德是中国小儿科医生，他的中国名字叫作陈明德。他是中国明朝末年战乱时归化为日本人的。他偶然来到小浜，看到了海岸边涌出的热泉水，是他教给人们说这热泉水对医治人类的疾病非常有效，他是小浜由古代的保养地发展为今日的观光温泉地的恩人。

后经看资料得知陈明德是浙江金华人，生于1596年，原本习儒，科举未中，改学医。1627年来到长崎行医。次年，明朝崇祯登基，八年后明亡，陈明德就改日名为颖川入德，再未回国 。因有他的永住，长崎医学一新，他尤擅小儿医，在日采集药草百余种，有专著《心医录》，他的弟子成了长崎医者主流。他能投私财医治和帮助贫困患者，因此得到了长崎人的尊敬。小浜距离长崎百十里路，他到那里发现了仅被当地居民装桶中擦身和给牲口洗脚的海滨热泉水，他建议人们做大的浴盆装温泉水，泡在其中可以暖身治病，尤对小儿病和老人病患者有特效。当地人照他说的做了，他又去长崎宣传鼓励大城市的人去那里泡温泉治病，很快地令小浜出现了十几家温泉旅馆，使小浜形成了海边市镇规模。

曾写小文《锦带桥》，说有位医僧独立不仅为岩国藩藩主治了病，也为藩主建立的今日横卧在山口县岩国市锦川之上的锦带桥展示了设计蓝图。这位医僧独立是 1653 年 3 月流亡到日本长崎的，初到长崎的一段时间就是住在同乡陈明德家的。我们都知道 1659 年夏亡命流亡日本的明末大儒朱舜水吧，他到长崎也有一段时间是寄宿在陈明德家中的，陈明德给他介绍认识了日本儒者安东省庵。安东省庵成了朱舜水在日本的第一位弟子，在朱舜水居住长崎六年间给予了很大的经济援助。我们都知道日本从 17 世纪 30 年代起采取了锁国政策，严禁外国人永住长崎。陈明德在那政策下来之前就多次来长崎行医，留下很好的口碑，他在禁令刚发之时决定永住日本可谓水到渠成。医僧独立来日正在禁令严时，但那禁令对医生和黄檗宗僧人网开一面，故独立得以永住。朱舜水来得更晚，又非医非僧，留住难矣。陈明德随同安东省庵一起为朱舜水取得永住权奔波过，也在各种交涉、交流中为朱舜水担当了翻译。

对于陈明德的帮助，朱舜水是感激的，但是也有些抱怨，大意是嫌陈明德在帮助和翻译上有主观的包揽和未能翻译准确。他曾对安东省庵提起那些抱怨，但安东省庵并未在意，仍旧尊重陈明德，因为陈明德给他看过病也常给他的家人看病，还因为陈明德不仅是名医也是儒者。陈明德故于1674年，享年七十八岁，葬于长崎春德寺，安东省庵为其写下了《颖川入德医翁碑铭》充满赞颂的碑文。

曾访长崎春德寺，那里的墓地占了半座山，费了一番周折找到了那块碑——两次被好心的上坟客给领到了东海德左卫门家墓地，那是从徐敬云开始，一家子孙十代都当“唐大通事”（翻译兼管事官）的徐氏家族墓，它太宏伟太有名了。最后，还是请教了当寺主持，得到指引，方找到颖川入德即陈明德的墓和“颖川入德医翁碑”，碑铭文字多而小，风雨三百三十多年了，辨认很是费力，我只辨出“颖川入德医翁碑铭”数字就很满足了。倒是碑后还有一稍小墓柱石的字大可辨，正面刻着“真智映性大姉”，两侧刻着“贞享二 乙丑年”“正月十五日设”。日本的贞享二年是1685年，是陈明德去世11年后，那“大姉”是其夫人还是后人？

在日本，我们还能找到多位明末清初东渡而来的中国医生的遗迹，从他们的墓碑或功德碑中，可以看到古代来日的中国人中，有不少医生和精通医术之人，他们救死扶伤，对日本作出了贡献，日本人也念念不忘他们的功德。

朱舜水和安东省庵

福冈县西南有座小城叫柳川，那里文化气息很浓。小说家、作词家檀一雄的籍贯是这里；小说家、儿童文学家长谷健在这里教过书；生涯跨越明治、大正、昭和三时代，给日本近代文学留下辉煌的伟大诗人、童谣作家、作词者北原白秋，生家在这里，少年时代在这里度过，这里有他的纪念馆，有散步道“白秋道路”，每年在他命日举行“白秋祭”。北原白秋曾说“水乡柳川，是我诗歌的母体”。我曾去柳川，见它面临有明海，背靠筑后川，郊外水道纵横阡陌，城内运河如网，乘坐扁舟，听着艄公的船歌，看那处处入目的“小桥流水人家”景色，心陶然陶醉。再去柳川，了解到它的城内运河是在日本“战国时代”的当地领主建城时为饮水、航运、防卫而开辟的配套设施，也了解到它的文化气息可追溯到四百年前。

远避胡尘来海东，凛然节出鲁连雄。励忠仗义仁人事，就利求安众俗同。

昔日名提九天上，多年身落四边中。鹏程好去谋恢复，舟楫今乘万里风。

这是一位日本人安东省庵写给朱舜水的一封信里附的一首汉诗。

安东省庵生于1622年，是筑后国柳川藩（藩——诸侯领地，柳川藩即今福冈县柳川市）的藩士安东亲清的第二子。柳川藩的初代藩主立花宗茂是名战功显赫的武士，但他早有兴文教的计划。他看中了自幼聪颖好学的十三岁的安东省庵，把他选为培养对象，作为其嗣子忠茂的随身扈从打过仗，他曾被两代藩主派往江户、京都学习了十余年。安东省庵身体不太好，1654年去江户学习之前，先去长崎做了次健康诊断，找到的是名医颖川入德。他不仅是医生，还是位儒者。安东省庵除了健康诊断，还与颖川入德成了探讨学问的朋友。安东省庵在颖川入德家结识了1653年流亡而来的僧人独立性易，独立原名戴笠，是明朝进士，也是医生、诗人、书法家、篆刻家。安东省庵从他们那里学到了不少儒家思想，听到了朱舜水等中国儒者大名。

安东省庵去江户三年，返回柳川，一年后再度去京都学习，1658 年返回柳川时，他接到了颖川入德来的两封信。那两封信中的一封是朱舜水从中国浙江写给颖川入德的，说的是他将于明年来长崎，到时候想与颖川入德多次介绍过的安东省庵见个面，好好聊聊。另一封信是颖川入德直接写给安东省庵的，除去问候，主要是介绍朱舜水。信中说朱舜水是明之一流大儒学家，他曾两次谢绝了出任高官，但明亡之后他又不屈不挠地投入了反清复明的斗争，为此东奔西走，曾四来日本，也去过新罗、安南以求援助，前后十五年，最后参加郑成功北伐遭到失败，因此打算亡命日本，以图后计。安东省庵看过两封信后，即刻恭敬地写了回复，称朱舜水为先生，请教一些学问上的疑点，并附上了上面那首汉诗。朱舜水读过安东省庵的信和汉诗，感到了他的学识学德颇深，便给他回了信，并说他提的学问上的疑点非一两句话说得清，可在见面时慢慢商酌。

次年春，柳川藩的二代藩主立花宗忠茂设立了学问所——藩立学校，任命安东省庵为儒官，教育藩士子弟，领俸禄米二百石。这年夏，朱舜水来到了长崎，安东省庵得到颖川入德传来的消息，即刻启程去了长崎，对朱舜水行弟子礼，成了他的门人。是年朱舜水六十岁，安东省庵三十八岁。但是此时的朱舜水处境很窘迫，一是他没有在日本的长期居留权，随时都有被强令退还中国的可能；二是他将所有财产都用在了反清复明斗争，最后这次来长崎，除去一些书籍、一张古琴和几尊孔子像，并无充足金钱带来。

关于长期居留权，朱舜水曾在《与孙男毓仁书》中写道："日本禁留唐人已四十年。先年南京七船同至长崎，十九富商联名具呈垦留，累次俱不准。""日本禁留唐人已四十年。"日本于17世纪30年代发布过一道"锁国令"，之后，使得长崎分出"住宅唐人"和"来航唐人"两个名词。即给予永住权的唐人，和乘船运货来长崎做生意小住几个月的唐人。

朱舜水来时属于后者的"来航唐人"，住几个月必须得离开日本。那么，颖川入德和独立，比朱舜水不过早来九年（指其最后一次来长崎那年）和六年，他们是怎么取得永住权的呢？原来当时日本缺医生，颖川入德早就多次来过长崎，他给穷人看病不但不收费用，反赠之金物，在长崎留下美名，所以当他1650年最后一次来长崎，决定亡命时，有众百姓恳请长崎奉行（中央委任的长崎最高长官）留下了他。日本当时在反天主教，但还允许佛教高僧来日，独立是削发为僧，跟随在日本创立了黄檗宗的隐元大师来的，所以拿到了永住权。朱舜水非医非僧，想拿永住权难矣。

知道这种情况，唯一知道朱舜水是一流大儒的日本人安东省庵去了长崎奉行处，以柳川藩儒官名义百般恳请，加上颖川入德和独立，以及颇重视教育的负责长崎港警备的锅岛藩藩主的陈情，最后使长崎奉行破例批准了朱舜水的永住资格。

安东省庵还知道了朱舜水经济上拮据，便将自己的二百石米的俸禄拿出一半来供养他。这段历史，日中两国人都有所闻。这二百石米指的是带穗的稻谷，可加工出精米八十石，日本的石比中国的石大许多，四十石米安东省庵是吃也吃不完的，但他不能干啃大米呀，他是很有地位的儒官了，还得有其他开支呀。比如他每年要从柳川去两次长崎，住上一段时间，跟朱舜水请教探讨学问，还经常托人送些柳川的土特产和季节性食品给朱舜水，这都要产生金钱费用，因此他自己的日子过得比较紧张。柳川藩藩主知道了这些情况，曾决定给他增加一百石米的俸禄，但被他婉言谢绝，依旧过着粗茶淡饭的生活。朱舜水在长崎住了六年，除去安东省庵始去长崎时的当面教学，他们还有五十余书信往来，内容大多是朱舜水为安东省庵解答疑问。安东省庵一如既往地供奉着朱舜水的生活所需，特别是第四年头上，长崎发生大火，安东省庵想到朱舜水的安危，即刻赶去看望并做了安排。

朱舜水的名声传到了江户，1665 年，幕府将军德川家康的孙子——水户藩主德川光圀邀请他去江户弘扬儒学。他向安东省庵征求意见，安东省庵虽有不舍，但却支持地说他去江户必能兴隆日本文教事业。朱舜水便第一次走出长崎，先到柳川与安东省庵道别，将其从中国带来的三尊孔子像赠给了他，然后去了江户。朱舜水在日本首都江户及德川光圀的领地水户，凡十六年，讲授儒学，帮助德川光圀兴建学校，监造东京汤岛的“圣堂”——他被日本人尊称为“日本的孔夫子”，他的弟子英才辈出，他的思想直接影响了日本的“水户学派”“古学派”和“朱子学派”。其中“朱子学派”的代表人物就是他的第一个弟子安东省庵。而安东省庵不仅为柳州藩营造了文化气息，他对朱舜水的尊师好学风范，也影响到了柳川周围的锅岛、多久等藩，使那些地方出现了日本早期的藩校和孔庙。

朱舜水在江户住上了很好的房子，拿到的俸禄是现金现银，他曾以“滴水之恩当涌泉相报”的感激心情给当年照顾了他的安东省庵带去金子和贵重物品，但被安东省庵婉言谢绝了。其实朱舜水在江户的生活也是克勤克俭的，1682 年，他八十二岁去世，葬于今茨城县常陆太田市龙瑞山水户德川氏墓地中，留下了积攒的三千多两白银，那是他企图恢复明朝的经费。

安东省庵一直想念他的恩师，在朱舜水殁后五年，他还作了《梦朱先生》：

泉下思我否，灵魂入梦频。坚持鲁连操，实得伯夷仁。

没受庙堂祭，生为席上珍。精诚冲宇宙，德道合天人。

朱舜水对他的高足安东省庵也关怀备至，对他帮助自己的事终身不忘。前面提到《与孙男毓仁书》中，朱舜水对他孙子朱毓仁讲到刚来日时的落脚艰难，他还告诫孙子说要子孙后代记住安东省庵的恩情。1701 年，安东省庵殁，葬于柳川旭町净华寺。1911 年，朱舜水 11 代后人朱辅基来日，拜扫了安东省庵墓。1958 年，朱舜水后裔朱世民，拜扫过安东省庵墓——他们铭记着他。朱舜水赠予安东省庵的孔子像，如今一尊在东京汤岛圣堂，一尊在曾是柳川藩校传习馆的柳川传习馆高等学校，一尊则由安东省庵后人代代相传地保存着。

1978 年，“安东省庵显彰会”紧挨着安东省庵坟墓东南，修造了“枯山水”式的庭园“三忠苑”，苑内的石灯笼象标志长崎灯塔，铺着的砂石表示海，砂石中卧着块船形石则意味着朱舜水渡海来日。苑中醒目地立有三根石柱，它们象征着三个人——安东省庵、朱舜水、德川光圀，它们述说着一段三个半世纪前的故事。

陈元赟

曾居家东京港区芝，出家门往南步行一分钟处有都营三田线地铁三田站，两分钟处有JR（元国铁）山手线田町站。田町站前有块圆石碑，上刻“江户开城 西乡南洲 胜海舟 会见之地”，纪念着1868年德川幕府陆军总裁胜海舟与新政府军代表西乡盛隆在此会见，决定了江户无血开城。从田町站再往南溜达溜达，就是三田四丁目了，此处不算广大，却有着二三十处寺庙，其中有座曹洞宗寺庙正山寺，寺中有块两米多高的石碑，碑上竖着阴刻的“ 陈元赟先生之碑”大字，大字之上还有小字为“文武之德万世传”。此碑非墓碑，而是“陈元赟显彰碑”。

向人打听陈元赟是什么人，何以有碑立于此寺？回曰其本是明末来日之中国人，曾在当寺不远的国昌寺居住几年，教授少林拳术给福野七郎右卫门、矶贝次郎左卫门、三浦与次右卫门三名浪人，因而成了日本柔道之祖。人们说国昌寺早没了，正山寺正建在它遗址中，他们还推荐我可去爱宕神社看看，说那里有座“起倒流拳法之碑”，可以证明这个说法。

爱宕神社在爱宕山，自家门前的三田线三田站乘两站到御成门站下车再走五分钟路即可到达，我则是从家骑车北去，过有名的增上寺而到的。这爱宕山高不到二十六米，却是东京城内第一“高峰”，在还没有高楼大厦的江户时代，胜海舟曾引西乡盛隆登此山一览江户全景和海湾风光，劝说不要将它成为战火的灰烬，而选择了无血开城。却说爱宕神社境内石碑有很多，比如1860年三月三日有18名浪士在此集合后发起的“樱田门外之变”的“樱田烈士爱宕山遗迹碑”，刻有蜀山人等人的狂歌的“狂歌碑”等，“起倒流拳法之碑”只是其中之一，它高一米，为“起倒流”门人于1779年所立，碑额为“起倒流拳灋之碑”，那个“灋”字让我这在使用简体汉字前就读过书的人也犯迷糊，是查字典才知道它是古老的“法”字。碑额之下是全汉文的碑铭，虽经岁月风雨磨损，仍能辨出“起倒流”“陈元赟”等字，有人辨出是“拳法之有传也，自投化人陈元赟而始”。

日本现代柔道是1882年嘉纳治五郎将中国武术的踢打摔拿与日本武技柔技融合而创立。对于柔道起源，有“日本自古有之”之说，但多为神话、传说，而日本的“国史大辞典”“倒叙日本史”“日本教育史”“古事类苑”等典籍及许多专门家的论文，都载有陈元赟之说，而今许多柔道流派也尊陈元赟为祖。“柔道之日本固有”及“自陈元赟而始”“陈元赟是日本柔道之祖”之争已延续数百年。但是我想：说起日本柔道，总有陈元赟名字出现，即便他不是柔道之祖，也是对柔道有着影响和贡献。

查资料得知陈元赟是1626年左右在江户国昌寺居住、教人习拳法的。而他在八十五岁时的1671年故于旧时尾张今之名古屋。去名古屋看看，在平和公园里的建中寺内，有着高大的旧尾张藩第七代藩主德川宗春的墓，在它右侧有一大一小的两个墓，大墓碑铭“明国武林既白山陈广学元赟”“既白山人游息之处”，小墓碑刻“白翁道元信士”，那是陈元赟、源太郎元明父子墓。

陈元赟生于明末的1587年，是浙江余杭人，名珦，字义都、士升，号芝山、菊秀轩、既白山人等。他自幼好学，通诗文善书法，但科举却落第，因又去少林寺习过武并负责寺内陶器药材管理。他随商船于1619年来到日本九州长崎，却不料染病卧床，待病愈已是“腰钞皆尽”无法归国，只好留下以教授日人书法为生。两年后的1621年，有浙江道奉檄使单凤翔来日去京都商谈对倭寇的对策，陈元赟被聘为临时翻译而随同，他在京都滞留三个月，结识不少日本名贵。

陈元赟在返回长崎途中，知遇长州藩藩主毛利辉元。长州藩是日本中西部的大藩，他在那里流寓一二年，为藩主毛利辉元撰写了《长门国志》，他在《长门国志》序中写道:“余自万历己未秋，渡瀛海，涉鲸波，入扶桑之故墟。”陈元赟在长州藩遇到了同乡——藩医孟二宽，有人推测他从孟二宽那里学到了医术和针灸术。

再后来，陈元赟就在江户出现了，先寄居于饭仓圭佐的草庐，再就到了国昌寺。之后多年中，他流寓于尾州、京洛、防长、长崎间。最后于1638年，被幕府将军德川家康的第九个儿子、尾张藩初代藩主德川义直聘为薪俸60石米的幕僚，教授书法诗文，继而被第二代藩主德川光友重用，直至去世，计在日流寓52年。在此期间，他传播了中国公安学派文学主张，留有《虎林诗人集》《既白山人集》《生庵诗话》《老子经通考》《元元唱和集》《陈元赟书牍》等著作。

名古屋东、爱知县濑户市定光寺町山林中有座定光寺，寺庙境内有座尾张藩初代藩主德川义直的“源敬公庙”，它的庙门叫“龙门”，进门后有座拜殿名“烧香殿”，殿后又一院门叫“唐门”，门内是德川义直的圆形坟墓。包括祠堂式样的“烧香殿”的整个“源敬公庙”朴素又大方，它是有陈元赟参与设计的儒教式灵庙，而“烧香殿”地面铺设的陶板和围绕灵庙的围墙上嵌入的陶板则是陈元赟烧制的。

名古屋市名城一丁目名城公园旁有一处“御深井丸窑遗迹”和一处“元赟烧窑遗迹”。原来德川义直很重视尾张藩内陶瓷制造业，曾筑“御深井丸窑”，陈元赟来尾张时曾参与其中，也另起窑制陶。他以在少林寺制陶管理的经验，以他的绘画专长，以尾张濑户陶土，模仿安南(越南)式青花染色法，烧出一种很独特的良质陶瓷，他也教人依方制作，那种陶瓷被人称作“元赟烧”，而他亲自制的“元赟烧”至今还被旧家、寺庙、美术馆、博物馆珍藏着。今日名古屋有一种和“元赟烧”同名的小点心，8字形，面粉制外裹豆面，据说是陈元赟将做法传授给一家叫“菊屋”的点心铺而流传至今的。

陈元赟会武术，通诗文、书法、绘画、建筑、制陶及医术，造诣虽都不是顶尖级，但流寓日本东西50余载，把它们实实在在的贡献或传授给了日本，可谓对中日文化交流作出了巨大贡献。

张振甫

家父在名古屋千种区之家紧邻东山公园，东山公园庞大幽静，山林之中有植物园、动物园、图书馆、网球场、可划船的小湖、长长的自然散步道。父亲每天四点半起床去自然散步道散步，我住那里时也得陪他晨练，散步回来他老人家要睡个回笼觉，我得乘电车去名古屋车站旁的店里去上班，班上睡眼朦胧还得强作精神。倒是休息天我愿去距东山公园两站地的觉王山转转，觉王山那里有座日泰寺，它寺域宽广，山门、本殿、五重塔精致漂亮。日泰寺很年轻，名字似听不出宗教味道，日泰之意是日本与泰国，1900 年泰国（其时称暹罗）国王寄赠给日本一枚释迦舍利，为了奉安舍利，1904 年建成了日泰寺。日泰寺前面有片闹市叫觉王山商店街，经常举行庙会，很是热闹。日泰寺北的一片街道名为“振甫町”，它是以一个叫张振甫的中国人之名命名的，这是耐人寻味令人追迹的事。

日泰寺西门墙外有条小路，从那里往北行，在即入振甫町的地方，你会看到一座“铊药师”。猛看“铊药师”三字不像“座”可以来称呼的建筑物，原来它是由张振甫修建的“医王堂”转名而来。张振甫是位医生，是他在 300 余年前修建的小庙“医王堂”，最初供奉的是一尊药师如来佛像，后来他请到了有名的雕刻家游方僧圆空制作了观音菩萨、善财童子、日光菩萨、月光菩萨、圣德太子、十二生肖神将共 17 座木雕像，置于药师如来佛左右。圆空雕刻均用一根整木，雕刻工具是叫“铊”的带把儿砍刀，他的雕刻技术叫“铊一木”或“一刀雕”，即寥寥数刀便砍出的栩栩如生的人（佛）物形象。因有那些“铊”出来的木雕像,“医王堂”被人称作了“铊药师堂”。张振甫于1680年去世后，经多年风雨，“铊药师堂”陈旧破落，后人拆下原物原材，原样地往近旁动迁了一回，再后来就被人简称成了“铊药师”。

“铊药师”的山门是造型很美的明代式样建筑，门上有尾张德川藩的葵叶家纹，门前左右各有一座1.5米高的双手持笏、面呈微笑的明朝文臣石像，使人能联想起北京明十三陵神道上的文臣像。山门内是一围可称为林的树木，树丛中围着“铊药师”，它是一座有着塔状的双层屋顶的灰瓦木板建筑物，门上匾额中刻的仍是早前的“药王堂”三字，它的门只有每月21日(日泰寺的缘日)开放，以供游客瞻仰那些圆空和尚“一刀雕”出来的简单又精美的木雕像。

从“铊药师”往北刚走出振甫町，迎面见到一座园地很大的宅邸，宅邸名札门写的是“振甫”，那是张振甫后人姓氏，振甫住宅后面的园地里有一排九座地藏石像碑、一座五重塔和张振甫的坟墓。因属私人宅邸，那后园墓地没有以考察为由的提前预约是不得入内的，但可从临接它的楼房处眺望得到，一般通行人可读到名古屋市教育委员会立在它院墙外的介绍板上的文字，文字简译为中文是：

张振甫，明国（今中国）人，因避明末动乱，与曹数也等人归化日本。在由京都前往江户（东京）途中，知遇尾张藩主德川义直，被邀为其侍医，但他只答应愿为庶民行医而在藩主染疾时才来给他看病。他精通饮食，尤善治疗食物中毒。第二代藩主德川光友将此地赠送与他以永住，据说他曾请求藩主来以圆空佛闻名的铊药师堂祭祀。此地振甫町之名来源于张振甫，他的墓在此内 30 米处。

关于张振甫的来日时间有具体的 1621 年率百人抵长崎说，也有在 1616~1635 年之间的推论，他的生年只是推测为 1594 年，他来日之前的生平事迹也没有任何记载，只有张振甫乃其隐姓埋名之说。张振甫为什么要隐姓埋名呢？有传说他是避乱而来的需要躲避追杀的明末皇亲贵族。有台湾学者的《明太子福王逃亡日本化名张振甫、张寿山》论文集认定其为崇祯皇帝三太子朱慈烺。日本爱知学院大学教授水野时二的《人物乡土史张振甫》一文则介绍说其为明末淮王常清，但是更有比他们早的学者则考证他不可能是朱慈烺或常清，因此他的身份扑朔迷离。

倒是张振甫来日之后的情况可据记录简述为：他抵长崎小住一时后，前往京都，在那里开了一座医堂，再后他又赶往江户，但途经尾张(名古屋)时，经一位叫陈元赟的人介绍，被尾张藩主德川义直留了下来做侍医。但他不想做专医一人的侍医，德川义直便为他修了一座中国式房屋，封了他个“町奉行”职位，给予医者最高位“御目见得医”，他成了藩主病时为侍医、平时悬壶济世为百姓的医生。尾张藩主德川义直殁，第二代藩主德川光友仍请张振甫做了既为俗民看病也为他看病的“御目见得医”，还将上野村一片相当今日一平方公里多的丘陵地赠送给了他。张振甫在那片土地上建起了明代建筑风格的寺庙“医王堂”和自己的住宅，那“医王堂”就是至今尚存的“铊药师”，那住宅里包括着今日“振甫宅”和有着张振甫墓的“张家墓园”。过去的上野村是丘陵地，那里有小山叫上野山，因为有了山坡下的张振甫的住宅，上野山慢慢地变成了振甫山。如今，德川光友赠予张振甫的土地成了近代化的市区，名古屋市于 1926 年将它命名为“振甫町”。

关于他的医术，有传说他曾是明宫廷侍医，有说他是为求在日谋生之道，而在长崎居住时期向同来人中的医生学习的。不管传说对否，陈元赟做过尾张藩主德川义直、德川光友的教授书法诗文的幕僚，他多才多艺能文能武也懂医术，他能将张振甫推荐给尾张藩主，说明张振甫医术还是很高的。

有据可查张振甫有原配夫人和后娶的日本夫人，两边子孙都于第四代断了血缘，是日本夫人家在第五代以弟子过继延续了香火，传到第十三代的时候，于第二次世界大战后才由张姓改姓为“振甫”的，据说还是以医济世。张振甫不愿做藩主的专门医生而更愿为庶民治病救人的医道医德为日人称赞，他的“张家墓园”被名古屋市教育委员会定为该市历史遗迹。

孟二宽及其孙武林唯七

“忠臣藏”是日本歌舞伎、净琉璃（说唱故事）、小说、电影、电视剧经久不衰的剧名书名，有时它会以“赤穗浪士”之名出现，述说、表演着1702年1月30日深夜发生的赤穗藩家臣47人为旧主报仇的事件：1701年4月，赤穗藩主浅野内匠头（长矩）奉命作为陪客接待京都天皇的敕使，但是受到了专司幕府典礼仪式的“高家旗本”吉良上野介（义央）的刁难侮辱，因此他在江户城的“松之廊下”口念“曾记旧日之怨否”拔刀砍伤了吉良上野介，令幕府将军德川钢吉在敕使那里大失面子，将军即命浅野内匠头当日切腹谢罪，随后又取消了赤穗藩藩号，但未对吉良上野介予以惩罚。赤穗藩“家老”（高位辅佐官）大石内藏助（良雄）率赤穗藩家臣向幕府陈情要求恢复赤穗藩藩制一年余而未果，终率赤穗旧家臣46浪士夜袭吉良邸，取吉良上野介首级，置江户泉岳寺浅野内匠头墓前，烧香祭祀，告慰先主亡灵。此举被民众视为“大快人心”的忠义之举，但最后47浪士还是受幕府之命全体“切腹”而亡，他们也葬在泉岳寺的藩主浅野内匠头墓旁。

东京港区的泉岳寺就在地铁泉岳寺站东不远，那是一座曹洞宗寺庙，境内除去殿堂，还有浅野内匠头墓、47 浪士墓所、大石内藏助铜像和赤穗浪士纪念馆。寺内每年举行“赤穗浪士祭”，平日里去祭祀“浪士”们的人们也络绎不绝。我曾去过，辨认过那些浪士墓碑上的戒名，它们都带“刃”与“剑”字，按我理解是为“刀客”“剑客”。其中有一戒名为“刃性春剑信士”的人的实名叫武林唯七，被人告知他是 47 浪士中唯一有中国血统的人，是一位叫孟二宽的明朝人的孙子。

赤穗浪士事件百年前，日本丰臣秀吉发起过两次“朝鲜征伐”（征韩之战)，起于日本文禄元年 (1592 年) 止于庆长三年 (1598 年)，因称“文禄之役”“ 庆长之役”。当时李氏朝鲜以干支年称其为“壬辰倭乱”“丁酉倭乱”。丰臣秀吉的“征韩之战”最终目的是“唐国平定”，即打到大明当皇帝。因此出兵与朝鲜军共同御敌的万历明朝称其为“朝鲜之役”

或“抗倭援朝”，颇有后世“抗美援朝”的语源之意。

在那“朝鲜征伐”中，有许多朝鲜人被掳至日，被俘虏来日的人中有朝鲜全罗道兵马节度使李将军幼子李道斋（元宥）和作为他随从的明军医师孟二宽。孟二宽生于1572年，浙江余杭人，能医、善针灸、精书道，号白牛洞人，被掳来日后先后成了长州藩藩主毛利辉元家和浅野家的医师。他冠家乡地名武林(杭州旧称)为姓称为武林治庵，后娶渡边家女儿，生子渡边平右卫门，平右卫门则奉仕赤穗藩浅野家，其有长子半右卫门继承家门，次子则依爷爷姓叫武林唯七。

武林唯七在赤穗47浪士中算比较年轻的，他在赤穗藩家臣中的职称是骑马护卫藩主的“马迴”，对比“家老”大石内藏助的千五百石米的俸禄及其他家臣的数百数十石米，他只享“十五两三人扶持”待遇，但是他在“夜袭吉良邸”中表现很是出色。吉良邸很大，内中有倍于47浪士的家臣武士，武林唯七曾参与了对吉良邸的侦察，夜袭时他配置于表门（前门）队而且担任“屋内攻房”的任务。半夜4时，袭击开始，武林唯七随众突入吉良邸表门，而后第一个冲破房屋的“玄关”，他先突入一屋，迎来一年轻人一刀，他反击其一刀砍中其额但未致命，因被其弃刀逃窜。武林唯七拾起年轻人腰刀辨认出上面有吉良家纹，才知其是先主仇敌吉良上野介的继承人——养子义周，不觉后悔未能手刃那二号仇敌。袭击进行了很长时间也没找到吉良上野介，后来有吉田忠左卫门和间十次郎发觉厨房旁储藏室“炭小屋”里有动静，武林唯七跟着他们杀了进去。先是有三名迎上来抵抗的武士被他们砍倒，后发现小屋角落还有一暗影，间十次郎先冲到那里扎上一枪，武林唯七跟上砍去一刀，结果了暗影之命，暗影被拖至明处，发现是一白发老人，在他的后背查出四五寸长的旧刀伤，那正是被他们先主浅野内匠头砍伤过的吉良上野介。黎明时分，夜袭结束，47浪士取吉良上野介首级告慰先主浅野内匠头时，依功由间十次郎烧第一炷香、武林唯七烧第二炷香。

赤穗47浪士是分别拘于熊本、松山、长府、冈崎四藩藩主在江户的宅邸并在那里“切腹”的，武林唯七被拘于长府毛利邸，“切腹”前留下诗一首：“三十年来一梦中，舍生取义几人同，家乡卧病双亲在，膝下奉欢恨不终。”日本“切腹”，本人持短刀自刃后并不速死，而是由一职名“介错”的人站其身后执长刀断其头颈，以减轻其死亡痛苦。这“介错”须刀（剑）法娴熟还须心绪镇定，有名的三岛由纪夫“切腹”时，担当“介错”的是森田必胜，他两刀落下都未成功，还把刀给砍弯了，不得不换人。武林唯七“切腹”后，“介错”的刀错落在他的头骨上，以致他倒地却即刻未死，他又坐起身端坐说出句“请平静”，方使“介错”刀落正。赤穗47浪士同日同时刻“切腹”，同葬于泉岳寺的先主浅野内匠头墓旁（有一位的尸体被遗属接走），下葬后来慰灵的江户庶民成群结队，浪士们被称作了“义士”。

孟二宽故于1656年，享年84岁，葬于今广岛，其子渡边平右卫门亦葬于广岛。武林唯七的哥哥渡边半右卫门也曾积极参与为藩主浅野内匠头复仇的活动，但因要扶持双双重病的父母，最后退出了去江户参加“夜袭吉良邸”的行动，因武林唯七“切腹”成为“义士”，他被广岛藩浅野本家允许更名为武林勘助伊隆，得以在广岛延续下一个武林姓氏。

关于孟二宽墓地，传说在广岛有两处，一在南区仁保的西福寺，是为武林氏后人所立，碑正面刻着“治庵玄道大德觉翁信笃居士”，另有一面提到他的某代子孙文兵卫与其同葬于南湘园；一在西区己斐的国泰寺，是“广岛赤穗义士追远会”于昭和十四年所建，碑正面刻着“赤穗义士武林唯七祖父治庵之墓”下面还有小字“在南湘园”。两寺碑文均刻“治庵居士大明杭州武林郡人飘流仕长门国孟二官后仕芸藩为医官改武林治庵明历三丁酉五月十八病死 实亚圣孟子六十一世裔也”。孟二宽有两墓地看似矛盾，但它们可统一在“南湘院”：国泰寺最早在今日中区中町位置上，而它的塔院南湘院在邻接的小町，国泰寺早已迁往西区，中町和小町距原子弹落下的中心极近，今日又是广岛县厅、市厅所在的中枢地带，“南湘院”大概是不在了。

愿化干戈为玉帛

志贺岛金印、蒙古冢

福冈市东区海上有一岛，名志贺岛。说其是岛，但它由一条细长的叫作“海中道”的沙洲与陆地相连。志贺岛和海中道左是博多湾，右是玄海滩。两边海水同样是蓝色，但一边蓝白，一边蓝黑。两边海水深度也不一样，左边有人立在海水中摸蛤蜊，右边有穿脚蹼的蛙人在潜水。志贺岛形如鸭蛋，环岛一周，十二公里。岛上皆山，只南、北、西各有一个村落，总共八百户人家。岛上有数家旅馆和一家“国民休假村”，在那里住宿，可取闲静，可食海鲜。山脚下有两片美丽的沙滩，夏季来临就成了海水浴场。

我在公司任一方主管时，曾几次将职工旅行安排在志贺岛，白天或濒海钓鱼或爬到山顶的“潮见台”放眼四海，晚宿旅馆吃鱼、唱卡拉 OK、泡澡。我也常在夏季或个人或与中国朋友一起去志贺岛沙滩，逐浪戏水，架炭炉吃烧烤。那些，都留下了轻松快乐的记忆。

除景色优美鲜鱼好吃外，志贺岛上可看的地方有好几处，偏东南山脚上的志贺岛海神社是其一。志贺岛海神社是日本古代强大的“海人部”中的“阿昙族”人祭祀大海的守护神——“绵津见三神”的神社。这“绵津见三神”是谁，怕是得查“古事记”等神话书去了，但有两头石雕白鹿像旁的“鹿角堂”里保存着的一万架鹿角，却是实实在在的“物”，它证明了从前志贺岛上有大量的鹿生存过，它告诉人们这里是古代贵族们狩猎的围场。“志贺”和“鹿”在日语中发音是相同的，在这里你可以悟出志贺岛原来就是鹿岛。

志贺岛上最可看最该看的是金印公园，可看的是它朴素幽静，该看的是因为曾有一颗很了不得的金印在此地出土。

1784年2月23日，志贺岛叶崎的地主甚兵卫，请佃农秀治和善平挖水渠灌溉他的水田。秀治和善平在挖开一块埋在土中的石头时，锹尖碰上了一块硬东西，取出一看，是个拇指大小四方的黄灿灿的金块。金块上面有蛇纽、下面有刻字，是块印章。刻字认不得，他们很是惊讶，赶快将它交给了地主甚兵卫。甚兵卫也不认得那刻字，但他掂出了印章的分量，觉得这是个了不起的东西。甚兵卫的哥哥在博多的一家米店工作，他将那金色印章托米店老板交到官府，最后由当时博多权力者黑田藩主以重金买下。黑田藩主请来对中国文化深有研究的儒学学者龟井南冥鉴定，鉴定出那上面刻的是“汉倭奴国王”三行五字，断为“汉の倭の奴の国王”即“汉之倭之奴之国王”，是汉光武帝赐与日本奴国国王的印章。

查《后汉书》的《光武帝本记》记有“二年春正月辛未，初立北郊，祀后土。东夷倭奴国王遣使奉献”。《东夷列传》记有“建武中元二年，倭奴国奉贡朝贺，使人自称大夫，倭国之极南界也。光武赐以印绶”。这些都是博学的龟井南冥的依据。

古字“委”“倭”同义，委为倭之简写，这都没有异议。一个“汉代没有蛇钮印章”引起的真伪争议，也因20世纪50年代末，在中国云南滇池东岸出土的“滇王之印”也是同样的蛇钮金印，而告结束。现在只留下一个谜被学者们讨论：奴国的中心在博多湾南包括今福冈市、春日市、大野城市在内的福冈平原上，金印何以孤零零地出土在湾东的小岛？

志贺岛出土的金印，使我想起另一颗金印。《三国志·东夷传》倭人条中明确地记录下日本最早的由女王“卑弥呼”治理的强国“邪马台国”，也因记录的“邪马台国”的方位不十分精确，引起日本学界至今未解的“大和说”和“九州说”之争。我曾站在“金印公园”，想：后汉光武帝对倭奴国王“赐以印绶”是公元57年的事，之后的公元238年，魏明帝曹睿也“制诏亲魏倭王卑弥呼……今以汝为亲魏倭王，假金印紫绶，装封付带方太守假授汝”，赐过女王“卑弥呼”一块金印，要是那块金印何时出土放射光芒，“邪马台国”在哪里、日本国家起源在哪里，会迎刃而解吧。

金印的出土有着划时代的意义，它记载了日中两国政治文化交流，更是日本历史研究的考古的最早的真实遗物，金印成了日本的国宝。

1922年，金印出土地立起了“金印发掘之地”的石碑。1975年，福冈市在那里建起了“金印公园”。公园在志贺岛西南山坡上，一方石塑的放大了的“金印”立在一个绿树环绕的小广场前，两座凉亭几条长凳，并无更多装饰。它上面还有一个圆圆的石头铺就的小广场，整个广场是幅古地图，有标志遥指大海和中国韩国的许多城市，其中之一是金印出处洛阳。

两个小广场中间，有两块石碑，一块上刻郭沫若1955年率中国科学院代表团访问福冈时写下的七律诗：

战后频传友谊歌，北京声浪倒银河。
海山云雾崇朝集，市井霓虹入夜多。
怀旧辛坚交似石，逢人但见笑生窝。
此来收获将何似，永不重操室内戈。

一块上刻有1980年福冈和广州结为友好城市时，时任广州市市长的杨尚昆访问福冈时的题词:“带水横陈 两市相望 友谊永恒”。

两碑上的诗和题词均表两字：友好。

志贺岛上还有一处“蒙古冢”可看，它在“金印公元”北面不远。环岛道路左边有块“万叶歌碑”，它后面突入海中的一角草丛地就是蒙古军人被斩首之处，有名“切首冢”。道路右边，登数十石阶之上的山坡上有“蒙古塔”，它和“切首冢”合起来就叫成了“蒙古冢”。

话说中国元朝忽必烈大军曾于1274年和1281年两次出兵日本九州，这在日本称为“文永之役”和“弘安之役”。那两次蒙古兵船都覆没于一夜而来的暴风骤雨，因此日本有了“神风”之说，有了第二次世界大战时的“神风特攻队”。首次元军来日时，南宋朝廷尚未亡，元军中有部分强征来的朝鲜兵，全部有九百战船二万八千人马。他们白天里侵入博多湾，攻入今日福冈市中央区博多区，却在日军退守到二十里外的水城地方后，令后人费解地回船上睡觉去了，结果被台风卷了个葬身大海。却说其中一艘元军战船漂流到志贺岛，触了礁，船上元军被日军生擒。除了几名将官被日军押解到京都请功外，船上一百二十名元军均被就地斩首。

不知当时那些元军是被抛尸大海，还是就地掩埋，那块地方后来被叫成了“切首冢”。山坡上的“蒙古塔”全名叫“蒙古供养塔”，是一块高高的未经雕饰的石碑。它是由日莲宗僧人高锅日统提倡，于1928年树立的。石碑上部刻有南无妙法莲华经，中心部是当时首相田中义一的手书“蒙古供养塔”字样。那几字的左右还有海军元帅东乡平八郎的题词：“愿以此功德普及于一切 我等与众生皆共成佛道”。石碑也就是塔前立一面石板，上刻张作霖的“蒙古军供养塔赞”。

看“蒙古冢”时的心情不是像看“金印公园”那般有解开一谜时所有的舒畅，而是有些莫名的苍凉，道不出的理解，留下蹊跷诡秘。八百余年前惊心动魄的狂风暴雨、血肉厮杀已随烟云去，只留得青山碧海依旧，想战争为哪桩？为敌方刀下鬼树碑安魂，是日本人的人死即成神的思想。那“蒙古供养塔”于1928年3月7日揭幕，送“赞”的张作霖于6月4日被炸死在沈阳皇姑屯。次年田中义一的内阁总辞职，他也于7月9日急死，这些都有些必然或偶然的联系吗？

尽管会给人造成异样心情，我还常陪国内来客参观完志贺岛的“金印公园”后去看看“蒙古冢”，那毕竟是历史。

那颗金印各边长23毫米，厚9毫米，连同蛇形的钮总高22毫米，重108.7克，22开金，金光闪烁耀眼，今日保存在福冈市博物馆。访过志贺岛“金印公园”再去看看实物，会比仅看金印更能铭记中日交流的原始。

黄帝社和唐人墓

七八年前曾去古风依旧的山口县萩市，拜访了明治维新的精神领袖及理论奠基者吉田松阴的生家和他执教过的“松下村塾”，收获颇丰。回来后不久，碰上一位日本登山爱好者，说起萩市东北35公里处的须佐町的日本海旁有山名“高山”，山顶有磁性岩石，他说在半山腰的岔路上看到一块路标写着“黄帝社”三字，因兴趣只在登山顶而未去，问我既已驱车到萩市，何不再多踩下油门去看看“黄帝社”？问得我后悔莫及。

也算蓄谋已久，也算心血来潮，前天吃过早饭，突然决定启程，从福冈驱车250公里，来到“大山”下，再步入山中小道，找到了古树围拢的“黄帝社”。访客仅我一人，社内也无神官主持，了解情况全凭门前牌子的介绍，介绍译成中文是:“这是祭祀传说中的中国黄帝之社，黄帝作为航海、造船的守护神而被尊崇，现在也为以从事海上工作为主的人们所信仰。此社中献纳的许多绘马，作为山口县指定文化财产，保存在须佐町历史民俗资料馆。”

看罢介绍，再看社境：山门、进门两侧的一对日本神社门前常摆设的一种神兽 ——“狮子狗”，“黄帝社”、门右边的一栋大于“黄帝社”的经年失修的木板房。那“狮子狗”是石造的，和其他神社“狮子狗”不同的是，它的台座石是船形的，很引我注意。那“黄帝社”有一栋现代小洋房大，虽转山道有些迷糊，但根据日光投影能辨出它坐北朝南，它的模样和日本一般神社差不多，就不描述了。“黄帝社”建在木制台座上，台座有的木板已酥得掉渣儿，因此我走得脚步轻轻，“黄帝社”的门被一把老锁锁住，不得而入，但我将相机镜头塞进两寸见方的窗洞中拍到了模糊的内景，辨认出里面除去供黄帝的神位，还挂着两面方旗，旗上都画着交叉成十字的两柄木桨。在继续的寻觅中，我发现木台座下堆积满了历年更换下来的瓦片瓦当，看样子有秦砖汉瓦之风，我还在“社”后山坡上斜乱埋着的石碑石像中发现了一块碑上刻有“黄帝祠”三字，想来是“黄帝社”的原名？

船形的石台座和木桨，让我想起黄帝发明创造的东西之一——车船，想起黄帝臣子共鼓和狄货遇水难而生的“凿木为舟”的传说，也就传说成了黄帝是造船之祖，这大概就是“黄帝社”介绍中说的“黄帝作为航海、造船的守护神而被尊崇”的根据吧。但是，黄帝何时会跑到日本来，在须佐的“高山”上，而且是在一座神社中被供奉创造着？介绍牌子上没有写着。但想起登山路口对面海湾中就有一个小造船厂，何不回程时去那里问问！

去小造船厂找人问了，得到令人满意的答复：须佐海湾自古是渔港，很久以前就有唐人，也就是中国人的来到和居住，是日本第十代天皇崇神天皇时代，黄帝来到了高山，教给这里人们造船技术和航海知识，因此有了那座日本十万神社中唯一的“黄帝社”。造船厂的人说我看到的“黄帝社”右面的经年失修的木板房，叫作“宝泉寺”，“黄帝社”原来是“宝泉寺”的镇守，现在“寺”已废而“社”仍在，但那破旧的木板房还在反映着“神佛习合”的余辉。他们说在百多年前的明治维新时有过“神佛分离”“废佛毁释”运动，那时黄帝社差点儿被当作“淫祀”而废掉，是在包括他们在内的造船业航海业渔业人士的努力下才得以保存至今。

在造船厂我还意外听说，日本国天照大神的弟弟、专司海洋之神须佐之男命，曾登“高山”望海路，而来往于朝鲜，因此“大山”脚下的土地海湾叫成了须佐。他们挺欣赏我找到了在一般地图上都没有标志的“黄帝社”，说其实到这里来观光的都是到前面日本海看景的，建议我即来之，不妨顺大路再行一二公里去看看。

听人劝吃饱饭，我去了，看到了“高山”拔海而出处的雄伟而美丽的大断层崖岩石和许多突出海面的奇岩怪石。在去大断层崖的路上和大断层崖周围的景点，我看到许多路标和揭示版上，都画着两个并排而立比肩而坐、或者同舟划桨的小人儿，他们是须佐之男命和黄帝，原来他们成了须佐町的象征。他们分别是两千和四千年前的人神人皇，能聚在一起，是神化的神话，是信仰的交流与发展吧，我想。

在须佐大断层崖对面山坡上，有座专卖地方土特产兼观光介绍的馆所，叫“橐吾馆”，在那里看到了须佐町观光地图和历史介绍图文，那地图中不但标有我随身带的普通地图里没有标明的此行目的地“黄帝社”，还意想不到地看到一处“唐人墓”的名所，它就在我刚去过的“高山”腰中的“黄帝社”对面的须佐湾的岸边，让我眼睛一亮。记起刚听说的须佐地区古时就有唐人的来到和居住，想必那就是他们的墓地了，我这“新唐人”应该去凭吊一下才是。

须佐湾很美，是个很大的渔场，尤其剑形墨斗鱼的捕获量仅次于佐贺县呼子港，占日本第二位。沿着有许多钓鱼人的海湾小路行驶，很快地找到了“唐人墓”，它就在海湾路旁，在山坡下林荫中，长方形的墓碑和稍稍加工的椭圆形的石头充作的墓石一片，有数十座。墓地前有介绍牌，心中上译出牌上字是“享保十一年（1726 年），唐船驶进须佐湾，请求给予粮食和饮水。但当时的日本正在实施锁国令，因此，萩的藩主毛利和他的家臣须佐领主益田一起对唐船袭击，并放火烧沉了它。据传此墓里埋葬的是当时死去的船员的遗骸。其后，于天保八年（1837 年 2 月 12 日），建造了祭祀‘三界万灵’的墓冢。”

这里埋葬着的不是传说中的许久以前自然死亡的唐人居民，而是被击沉的遇难唐船上的船员！令我意外惊诧、深感悲哀。翻看在“橐吾馆”拿到的须佐历史介绍图文，加上曾记得的一些日本历史知识，我解读这“唐人墓”的介绍：“锁国令”是德川幕府时代，于 1633 年至 1641 年分几次颁布完成的，最后导致日本贸易港限定长崎一港，来港外国商船仅限中国、荷兰两国的。彼时中国是大清，来船称唐船。“唐船驶进须佐湾，请求给予粮食和饮水”，显见是遇风遇难未能准确抵达长崎之船，日本称作“漂流船”。曾在鹿儿岛的坊津町看到过被从破损将坠的唐船中抢救出来的船员船主的感谢信，日本人也埋葬了那艘船中的死难船员，还读到过漂流到日本许多港湾的遇难唐船被搭救，给予修整破损补充粮水，或曰护送或曰押送至长崎的记事。皆是“锁国令”下发生事，何以须佐湾中最惨烈？

辨认一下墓碑上的名字，写作“海翁得船信士”“秋山凉云信士”“释静安信”——因“对唐船袭击，并放火烧沉了它”可推出唐船上的船员是被溺死或杀害，也许是查不到真名实姓，更许是按日俗写下的佛名。立碑年代，有刻“享和”有刻“文化”，都是19世纪初的日本年号了。观察一番之后，我从随身携带的水壶中倒出一杯茶代为酒，从烟盒中取出一支香烟当作线香，浇洒、点燃在两百年前形成的“唐人墓”前，念上一句呜呼哀哉，祭奠三百年前遭遇海难又亡十人害的老前辈唐人。

离开“唐人墓”，五百三十余米的“高山”渐去渐远，我还在回想：日本是山国，这里的山虽高不过喜马拉雅和莽昆仑，但有三千余米高之富士和许多千米以上高山，为何唯须佐之山冠名“高山”？我想到为寻找“黄帝社”而爬山之气喘吁吁，想到在大断层崖看到的它是直接拔海而出俨然屹立，想到那里，我驻车回首，看五公里外的“高山”果然是高，要是从海外望来，它应更高。我也就理解了须佐之男命和黄帝都涉足于此山，还在山中留有“黄帝社”之故。须佐湾中有六七个小湾，驻车之处在最后一湾，由此可总揽全湾，但见湾水平似明镜，无数白色渔船的马达声也听不到了，从这里能清晰地看到对面的第一个湾，能辨认出那个小湾上的“唐人墓”的位置，我再次朝那方向行过礼后开车行在返程。

来访“黄帝社”时走的是贯穿本州岛西部中腹的“中国自动车道”，一路都伴着青山。回程走“山阴道”，一路看碧海——日本海。车过萩市不久，天色已朦胧欲黑，一天奔波下来也感体乏力尽，我不打算连夜赶回家，就在海边驻车，在车中睡一觉，待天明再看看前面的山口县另一小城长门市，也顺路去回属于长门市的油谷町、油谷湾，那里有传说中的杨贵妃墓。

元顺号和日中友好碑

清乾隆四十四年（1779 年）十一月十一日，南京船形的商货船“元顺号”自浙江乍浦港起航，驶往日本唯一贸易港长崎。船中乘坐着船头沈敬瞻、副船头方西园、财副（财务总管）顾远宁及船商船工计 79 人，载满了砂糖、冰糖、棉布、丝绸、药材、山货、书籍等货物。元顺号船上本来高悬着书有“海若安澜”四个大字的匾额，却不料在行船第十一天时遇到强烈的飓风，搞得帆破舵损无法继续自主航行。元顺号在海上漂流了一百五十天，在病死了一名船员、耗尽了粮食和饮水时，终于在次年四月的最后一天，漂到了日本安房国朝夷郡朝夷村千仓冲海岸。

千仓冲海岸的忽户村、平馆村、南朝夷村的渔民们最早发现了元顺号船，他们一边向统领当地区的岩槻藩、管辖海上陆上的行政机构浦贺番所和幕府代官所报告，一边联合沿海二十一村的人，给元顺号送去粮食、蔬菜、淡水、柴禾。很不幸，刚刚送上两包粮食，烈风又起，将元顺号送到离海岸一里多的一座叫川户山的暗礁上。这回船底破损而进水，再也不能行驶了。渔民村民们又乘小船，分几次展开救援行动，将船上的七十八人接到了岸上。

江户城里的岩槻藩屋敷的藩主接到了报告，派出了藩儒兼行政官儿玉南柯全权处理元顺号遇难事故。儿玉南柯是五月九日到达千仓的，在这之前，当地渔民村民已先给上岸的清人们安排了简单的住宿、提供了饮食。儿玉南柯首先通过与船头沈敬瞻、财副（账房）顾远宁的笔谈，了解到海上遇难和漂流的经过，确认了元顺号是执有信牌的正规长崎贸易船，再调查了元顺号的破损进水状况，最后作出了决定：搭建用竹篱笆围起来的三座长屋供船头船员居住，卸下搁浅船上的货物，解体元顺号，烧却废材，留下还可使用的材料，最后雇用日本船将人、货、材料载往长崎。

决定是官府下的，实行还是千仓沿海二十一村的渔民村民，他们在令下之前就救援了元顺号的船头船员，令下之后更是分担了建长屋的材料、供应食物、轮流派出值班人员，而食物费和人工费则是由岩槻藩主大冈忠喜支出。日本安永九年（1780 年）六月三十日，元顺号船头船员七十八人、船上剩余货物、还可使用的船材，用小船由千仓载往馆山港再分乘三艘大船“和合丸”“虎丸”“日吉丸”驶往长崎……

馆山市和馆山港在东京湾东岸的房总半岛南端，它东面十公里处的南房总市千仓町面对着太平洋，那里有美丽的濑户浜海水浴场、南千仓海水浴场和现代化的千仓渔港。你刚从沿海岸的县道 410 号线转入通往渔港的 261 号线的二百米处，就会看到一个小公园里矗立着一座二丈多高的塔状石碑，它叫作“元顺遇难救助之碑”，因为塔的中座上面刻有千叶县知事川上纪一所提“日中友好”四个大字，故亦称日中友好之碑。当年岩槻藩的领地及岩槻城所在地和藩的飞地千仓地区，分别变成了今日琦玉县及さいたま（琦玉）市岩槻区和千叶县南房总市的一个町。1980 年，由岩槻市提供了历史资料、由千叶县政府和千仓地区的有志者出资建立了那座纪念碑。

元顺号船头船员乘日本船返回长崎的途中，又有一名叫作尤廷玉的船工染病死亡，他被埋葬于纪州（和歌山）周参见的万福寺，坟墓今犹在。日本锁国的江户时代，中国贸易船只允许进入长崎，遇险漂流到关西以东的船仅仅有过二三艘，那仅有的几艘船的船主船员在返回长崎的途中，有幸看到了关东关西风光，当然从海上看到了富士山。江户时代来日做生意的船头和高级船员中有不少的文人，比如前面提到的副船头方西园，就是位颇有名气的花鸟山水画家，他曾多次赴长崎，在那里教授过文人画，他的作品在今日日本和中国的博物馆和大学里以及私人手中多有收藏。而那回元顺号遇险又得到救助后，方西园在从千仓返回长崎途中，放松了心情，将一路的风光景色画了下来，其中有一幅“富士真景图”，艺术水平且不评论，可谓那个时代中国人的第一幅描绘富士山的画作。

平户岛上海寇与英雄的遗迹

长崎县海上岛屿星星点点，大者有对马岛、壹岐岛、五岛、平户岛等，小者有青岛、横岛、黑岛、生月岛、大岛、松岛等，光叫九十九岛的群岛就有两堆，多得数不清。依平户岛 162 平方公里面积算，是那些岛的第四位，但它距离陆地很近，最近处不足六百米。1977 年，一座大桥如彩色虹般落成，将平户岛与陆地上的北松浦地区衔接起来。

今日平户全岛是长崎县辖下的一个市，山明水秀海碧，宁静而祥和。古时的平户曾是遣唐史船寄港地，创立日本佛教真言宗的弘法大师空海，曾在这里等待风平浪静以发船渡唐，今日岛北端立有巨大的“弘法大师空海渡唐像”；日本临济禅宗的始祖千光国师荣西，渡宋归来登陆之地是平户古江湾，如今古江湾旁有荣西的“富春庵”遗址和“坐禅石”实物。昔日的平户是统辖松浦和壹岐等地的平户藩，平户岛的海上曾刀光剑影、平户港口曾繁荣辉煌。它的北松浦地区是松浦党和松浦水军发祥地，也是倭寇的发祥地，朝鲜就将平户藩掌控的对马岛、壱岐岛、平户岛称为“三岛倭寇”。小小平户岛的繁荣辉煌起自16世纪前半，它变成了与京都那边的堺市并驾齐驱的大商贸都市，取得了“西京”的号称，它的繁荣辉煌延续百年，直至1635年的日本第二次锁国令指定长崎为唯一贸易港。

从长崎市驾车北行一小时可抵佐世堡市，再北行三四十分钟就到平户岛了。1998年秋，我第一次去平户，是从福冈市沿日本海岸西行而去的，车行一小时抵佐贺县之唐津市，那里已开始进入旧松浦地界了。从唐津市再行一小时到了长崎县松浦市，在那里的公路边的“道路公园”中，看到一个石台上置放着一个带着巨大的“兜”——武士头盔，那就是“松浦党水军纪念碑”。自那巨大的“兜”再西行二十分钟，红色的平户大桥已映在目中。

过平户大桥往北拐不远就到了平户市区，我们以一座叫作“幸桥”也叫“荷兰桥”的石拱桥做标志转转吧。“荷兰桥”东是个叫龟冈的小山，上有旧时藩主必筑的石垒城堡——平

户城、围着城的龟冈公园。“荷兰桥”旁则有“英国商馆纪念碑”“外国贸易船锚”“遣唐使船碇”可看。“荷兰桥”西也有片山，叫作白狐山，白狐山的胜尾岳有平户藩第三代藩主松浦隆信（宗阳）之墓，墓北有两座佛寺瑞云寺光明寺和一座叫作“圣フランシスコ・ザビエル纪念圣堂”的天主教堂，这寺院和教堂挨在一起的风景是平户的特色（フランシスコ・ザビエル是日本对西班牙人名 Francisco Xavier 的音读，下用中文近译弗朗西斯科・沙维尔）。

这白狐山脚下是平户的主要街道——衔接着的木引田商店街和宫町商店街。木引田町曾叫唐人町，说的是那里曾住有中国人。我在那街道后面一家住户前看到一块石碑，上刻“五峰王直居宅跡”七字。商店街尽头处有座“松浦史料博物馆”，博物馆台阶左方有个六角形的水井叫“六角井户”。王直是谁呀？那日本罕见的六角井是谁开凿的？

王直，安徽歙县人，曾是被采取锁国政策的明朝朝廷击溃了的以舟山群岛为据点的武装走私海商，他于公元 1540 年带着残部来到了长崎海外的五岛，在那里挖了口中国式的六角井安营扎寨，“五峰王直”的五峰就是取自五岛有五个岛五座山峰。次年，王直又被平户岛上的藩主松浦隆信请去帮他发展海上贸易，藩主将自己的新居送给了他，任其翻装成了中国风格，一住十五年，而王直时代的那批人又在平户挖了口六角井。

1543 年，王直将葡萄牙人带到了今鹿儿岛的种子岛，使日本人头一遭看到了金发碧眼的“西南蛮种”——西方人，头一遭见到、买到了西方人带来的火绳枪，是为日本史上的“铁炮传来”。1550 年，王直将葡萄牙商船带到了平户岛，同时也将在鹿儿岛传播天主教不顺利的葡萄牙国王派遣的西班牙人弗朗西斯科·沙维尔带到了平户岛，得到松浦隆信等人的款待和支持，使葡萄牙商人和传教士得以在北部九州和山口地区经商传教，使今日平户岛上处处矗立着天主教堂。继而，平户港上有了荷兰商馆、英国商馆。王直最后成了拥有两千部下、三百商战船，威震东海、南海的东亚最大的国际贸易商，他也是“倭寇王”，是掀起给中国东南沿海带去灾难的“嘉靖大倭寇”的罪魁祸首之一，他最后于1559年12月25日被斩首于杭州官巷口。但他被日本人称为“大明儒商”“五峰船主”“徽王”，小藩主松浦隆信依靠他成了日本西国大藩主，平户成了繁荣辉煌的大商贸都市。

两次参观过“松浦史料博物馆”，并未领会到上它的台阶路旁有何特殊之处，近闻那台阶旁立了三座雕像，依次是弗朗西斯科·沙维尔像、王直像、松浦隆信像。

过平户大桥往南拐不远，可看到一处贴在海湾边上掩在绿树浓荫中的庭园，它曾是旧平户藩主的别邸，今日叫作“偕趣园”，它有三万多平方米的四季开花的大庭园，有十几间和式客室、铺着榻榻米的宴会场，有洋式样的餐厅和泳池，真是个休闲的好地方。过“偕趣园”，眼见一片三四里长的白沙滩，它是平户岛上最大的海水浴场，名叫“千里浜”。快到“千里浜”尽头处，可看到半圈大石头围着一块三角形的黑岩石。你会想起近代诗僧画僧苏曼殊《过平户延王诞生处》的诗句吧：

行人遥指郑公石，沙白松青夕照边。

极目神州余子尽，袈裟和泪伏碑前。

那是“儿诞石”——“郑成功儿诞石”，是郑成功呱呱坠地处。

郑成功是中国的民族英雄，也被日本人推崇为“国姓爷”而歌颂。距“儿诞石”不远处有块1842年树起的“郑延平郡王庆诞芳址”碑，碑文以汉文记述着郑芝龙与其子郑成功的事迹。结合那碑文和其他史实传说，可以勾画出这样的故事：

泉州出身的郑芝龙，在广东香山澳（澳门）的舅父处学生意后，1622年跟船来到平户做买卖，邂逅川内浦也是泉州出身的华人铁匠翁昱皇的女儿田川松，发了电擦出火花，云雨了播种了结果了。1624年7月14日傍晚，田川松在千里浜拾贝时，突感肚中绞痛，是要生产。跑回家是来不及了，身前又是海，这可怎么办？她身旁正有一块突出沙滩、稍高过人的黑岩石，一急之下只好隐身进去……眼见平户天空闪起一片红光，小名叫森的郑成功落地在那黑岩石旁。

从“郑成功儿诞石”往前走不远，有个突进海中半边的叫作丸山的小山岗，今日整个山岗叫丸山公园，在它的高处有座展望台，登其上可一览海中的九十九岛美景。这上面还有座红柱红檐白墙灰瓦的小巧玲珑的庙——“郑成功庙”。它又叫“平户郑成功分灵庙”，是取台湾“台南延平郡王祠”内之土奠基，于1972年建成的。进入庙内，迎面见正面等身大的郑成功坐像，金丝纹龙图案的绿袍，黑冠顶载丹珠，体魄魁梧面色祥和。两侧墙上挂满牌匾、龛中供有观世音菩萨和妈祖、顺风耳、千里眼。庙虽小，却是琳琅满目香火缭绕。每年7月14日丸山公园内“郑成功庙”前，都会举行“郑成功诞生祭”，届时会有数百平户官民和近百台湾来宾参加祭典，表演歌舞，很是盛大。

初去“郑成功庙”，它的外部正在油饰，但内部还允参拜。2000年夏，我友导演吴子牛为拍电影《英雄郑成功》在日本的外景，来到平户，他和摄制组的人及饰演田川松的岛田阳子就住在“偕趣园”中。那次我带他去看的“郑成功庙”

已是面目一新了。

丸山旁的海湾叫川内浦也叫川内港，它曾是平户港繁荣辉煌时代的副港，那里曾有荷兰商馆的仓库，今日是个平静安宁的渔港。港岸上有片挨着山坡的有着一二百户人家的拐尺形街道——川内町。川内町的住户除了有渔民外，还开着多家做鱼糕卖鱼糕的作坊商店。从拐尺形街道正要拐弯处登二三十石阶，有片二三亩大的平地，平地上有栋很陈旧的支在木腿儿上的三间半大的房屋，它叫“金刀比罗神社”，那就是郑成功童年之家，当然也是翁铁匠、田川松、郑芝龙住过的地方。

郑成功满月不久，郑芝龙身边银子也快花完了，他又重返香山澳去做生意，但在海中加入了李旦的海商海盗集团。再后来，他成了统帅台湾十寨的海盗王，再后来成了明末的海上游击、参将、副总兵、总兵、南安伯、平虏侯、平国公，保护了岌岌可危的大明王朝东南一隅的安全。郑成功七岁时，被郑芝龙接回泉州府读书习武，十五岁时进入南京大学堂，二十二岁时来平户接走了母亲田川松。后面的故事众所周知，却说郑成功七岁离开平户时，在自家庭院种下一株竹柏树苗，沧桑三百八十年，它长得十余米高，仍枝叶繁茂。

千里浜白沙海岸的“郑成功儿诞石”、丸山上的“郑成功庙”、川内町“金刀比罗神社”的郑成功旧居和古老的大竹柏树，一路走过，脚下行路不算长，却心生天地悠悠之感。近年未去平户岛，传闻郑成功旧居前立起了郑成功母子像，记在文末作再次寻访时的指南。

定远馆

福冈县太宰府是个有着悠久历史的城市，那里有座天满宫名誉日本。家住福冈市，离太宰府三十里路，因此常有机会去，走优雅的筑紫路，走读日本文学瑰宝《万叶集》中的“筑紫歌坛”的和歌；常有机会去天满宫，拜天满天神菅原道真，看从京都跟随天神而来的“飞梅”和六千株梅花开放如雪，看从中国传来的“曲水之宴”。

天满宫参道上第三座“鸟居”前，右手有条幽静的散步小路，通往古寺光明禅寺，那寺中有以青苔和白砂表现大海和陆地的“一滴海之庭”，是九州最古老的“枯山水”杰作。在去光明禅寺的途中右手，有个庭院，庭院大门是两扇厚重铁板，铁板生满红锈，且破洞百出。这两扇铁板门乃是甲午战争海战中北洋水师旗舰“定远舰”上的装甲板，那些破洞则是累累弹痕。门内有一栋二层木造房子，它的许多构件都是定远舰上的材料，因此叫作“定远馆”。门板且弹痕累累，那些构件大约是血迹斑斑了吧。甲午战争在日本叫日清战争，想到定远舰在那场战争中遭到的重创，令人心情沉痛，因此几过那铁板门而未入馆去参观。

前些日，北京的一位年轻人在烟台参观了为“观光”和“反思历史不忘国耻”，耗资五千万人民币仿造的等身大的定远舰。在那里，他受到了爱国教育，还听到了在日本福冈有座以定远舰的部分材料建成的定远馆以及定远馆内曾有北洋水师的幽灵游荡的传说。那年轻人跟我侄子是朋友，他从我侄子那里得知我就住在福冈，便联系到我，请我说说定远馆，确认一下定远舰材料流失日本的情况和定远馆传说的真实性，终使我不得不进入定远馆了。

定远馆的门牌号是宰府二丁目39号，我用尺量了以定远舰装甲板做成的庭院大门的左右两扇门板，每扇门板的高度是263厘米，宽度为107厘米，厚度则是1厘米（精确点说是9毫米多一点儿），不同于传说和以传说为根据做出的研究都说成的厚度是20厘米，这正是国内那位年轻人希望证实的一点。

那大铁门外另有一块牌子，上书“定远馆昭和玉手箱”，“玉手箱”可解为密藏法宝的匣子，现在定远馆中的密藏品是昭和时代后期的20世纪五六十年代的东西：电影广告画、《平凡》《明星》杂志、唱片、夹克、可口可乐瓶子、点心匣子、糖纸、玻璃球、拍洋画。

不巧，本该开放的“昭和玉手箱”——定远馆上着锁，我吃了闭门羹。拨了介绍画上留着的手机号，出来的人告诉我说定远馆产权属于天满宫，多年来被天满宫用作堆放杂物的仓库，是他于2004年租下它开的“定远馆昭和玉手箱”，他说今天在远处搬家，故未来开门。但他用电话指引着我看到了从房屋外侧能看到的定远舰上的东西：一是房屋右壁台座下横着的护栏的栏杆中有几根很特别，是半根圆半根扁，他说那是定远舰上的舢板船的木桨。二是站在木桨前抬头看，屋檐下架着雨水管的一排铁钩，其中一个大出其他铁钩十倍，那是定远舰上固定桅杆用的东西，而支撑屋檐椽子的横梁则是桅杆吊着的横桁，我拍下了这几样东西的照片，并和“玉手箱”主人约好，在他下次开放之时，让我看看定远馆的内部。

在第二次去定远馆之前，我调查了是谁造的它？查出来是一个叫小野隆助的人，于 1896 年 3 月，得到日本大本营的许可，雇用了潜水员，用了一年时间，捞取了许多定远舰上的材料，他将一些“战胜的象征”的定远舰资财，在自己家园中建了一处宅邸，就是定远馆。小野隆助是个什么人物呢？查到他是 1843 年出生于太宰府的人，是筑前国（现在福冈）的藩士，是勤王家，是玄洋社社员。他曾当过太宰府神社的神职人员、福冈县的官员、福冈县下属的几个郡的郡长、筑紫中学校校长、筑前共爱会的会长，十七银行的取缔役。1890年成为代议士，1898年成为香川县知事，1923年死去。从经历上看，他打捞定远舰上的材料是在成为政治家时，玄洋社是日本明治时期很重要的一个主张国家主义大亚细亚主义的右翼政治团体，玄洋社社员小野隆助打捞和使用了定远舰上的材料，建造自己的私宅，大概不是出于纯粹的收藏家兴趣吧。

下一个“定远馆昭和玉手箱”开馆日，我进入定远馆馆内。馆主免费接待了我，虽然他租下定远馆开“昭和玉手箱”才五年，远古之事不甚清楚，但他尽可能地介绍了他所知道和认为馆内使用的定远舰上的材料。我看到了一扇过道门就是原来舰上的舱室门，从内部看到了作为房屋横檩的定远舰桅杆的横桁，附在横桁上的长长的钢板，做门框窗框的木条上留着被战火烧过的痕迹，还有多处非常中国式的栏、杆、柱……所有这些，一一拍了照片。

关于馆内曾有北洋水师的幽灵游荡的传说，问起馆主，他说是“初耳”，吓死人了，反问我：你还让我这“玉手箱”

开下去不？也问了问馆旁几处老住户老商店的人，他们也未曾听说过。看来那传说是古人编造出来的吧，太遥远（虽只历两个甲午），早被人遗忘了。

参观过定远馆内部后，顺便参拜了离它一二十米远的光明禅寺，有了一个意外发现：大殿门内写着“拜观”二字的“赛钱箱”，是放在一张赭色长方矮桌上的，而矮桌朝人一面上刻着“定远”二字！细观那三道圆的桌腿，怎么都觉得像中国桌，便请来寺内长者小心地问它和定远馆有什么关系，长者很肯定地说这是定远舰舰长用桌。啊，刘步蟾的办公桌！查了多少资料和传说，都没有记载的定远舰的事、物被我发现了。

定远舰上的材料，不仅在定远馆存有，小野隆助打捞的是日本军部拆卸剩下之物。长崎市有名景点哥拉巴公园，内有旧时外国人居留地时期的许多西洋式故居，定远舰的材料被打捞回日本时，联合舰队司令伊东佑享，为了感谢住在长崎的英国商人哥拉巴长期对日本的武器供应表示谢意，将定远舰的舵轮让给了他，做成了咖啡桌。长崎县佐世保市的海军墓地，保存着定远舰的 305 毫米穿甲弹和爆破弹。香川县栗岛海员学校（今栗岛海洋纪念馆）内，保存着定远舰的舰钟。定远舰的舰钟为什么会跑到香川县栗岛去呢？我们可以回想小野隆助雇人打捞的定远舰部分材料，是在 1897 年运到日本的，也可查出栗岛海员学校创立于 1897 年，那么可以推测，那舰钟是 1898 年当了香川县知事的小野隆助赠送给栗岛海员学校的。

以上是我在参观定远馆过程中找到的定远舰的材料、碎片，一一转告了国内年轻朋友。年轻朋友还提到包括他自己在内的一些人参观烟台仿造的定远舰后，发出的“打倒小日本，夺回定远舰的遗物”等呼声，希望我对此发表看法。先说点我看到的事吧：从福冈市刚进入太宰府境内的水城地方，可以看到一条高 3 丈多、宽 20 余丈、长达 2 里半，名叫“水城堤防”的大堤，它曾是前后均有宽阔水壕的人造军事防垒。史载倭国和百济的联军曾与大唐和新罗的联军交战，战争以公元 663 年 8 月的“白村江之战”决出胜负：大唐水军 7000 人战船 170 艘大破倭国水军 1 万余人战船 1 千余艘。

此战导致百济、高句丽先后灭亡，新罗统一朝鲜半岛，倭国变成了日本。日本惧怕唐军追上本土，才将昔日设在近海之福冈的九州的权力中心，后撤30里地迁移到太宰府，并修筑了“水城堤防”。鉴真和尚于公元735年从鹿儿岛秋目浦登陆后，先在太宰府休息了数日，宿于观世音寺。他首次将戒律带到日本，先后在奈良东大寺、枥木县的下野药师寺和太宰府观世音寺设立了戒坛院。我在观世音寺旁的戒坛院境内，发现了一块“日中不战之植树”碑，它是由福冈日中友好协会发起，得到各界赞助，植下了一棵只有中国方有的白檀树，于1969年7月7日，卢沟桥事变32周年时立的碑。

遥想“白村江之战”后，日本由震惊、恐惧，到向中国学习，从一蹶不振到韬光养晦900年；也回想由清变民国的十几年前的“甲午海战”的北洋水师受到重创，以及随后的“马关条约”签订、首批官费赴日留学生的派遣，也想到了从此留给（含后来的日本侵略中国的战争）中国人心中百余年的创伤，及至今日的“反思历史不忘国耻”。这两场海战，有些相同之处和逆转之后果。访过定远馆，站在“水城堤防”，我又想，“不忘国耻”固然应该，“反思历史”更值得推敲。站在“日中不战之植树”碑前，我想“日中不再战”或反过来的“中日不再战”也是解决定远馆中定远舰遗物问题，乃至今后中日关系发展的一种思考方式。

文化交流源远流长

游坊津

先得说一下津、湾、浦、泊，它们在汉语和日语中有相同之处，也有些微妙的不同。津的汉语之意为渡口，日语之意为渡口、港口、停船之处。湾除去河流拐弯处外，中日均指海湾，如渤海湾、东京湾。浦的汉语之意为水边、河流入海处，日语之意为海或湖泊深入陆地之处，它比湾小，而河流入海处形成的小湾则另用一词叫“入江”。泊，中国指湖泊或停泊，两种用法发音不同，日本意为停船或住店。大陆中国泛指全国各个角落常用山山水水的叠词，四周环海的岛国日本爱用“津津浦浦”一词。

这次黄金周去了坊津，游了坊浦、泊浦、丸木浦、久志湾、博多浦、秋目湾、秋目浦。

坊津在鹿儿岛县西南隅，从福冈市驱车走高速公路三小时抵鹿儿岛市，进普通道路往西南行一小时抵盛产鲣鱼的渔港枕崎市，再沿海岸北上就是坊津和它的一连串的几个湾和浦了。坊津可指一个渡口或港口，也是包括了上面所说的那许多湾和浦的总称——坊津町。坊津是与安浓津、博多津齐名的日本古代三大贸易商港之一，我去那里是想看看遣唐使出航的港口和鉴真和尚登陆日本的地方。

从枕崎海岸拐到坊津海岸，最先见坊浦，在它南岸边看到一处叫“仓浜庄”的相当古老的两层木板房。它虽已破旧，但名气很大，当地人管它叫“森吉兵卫屋敷”或“密贸易屋敷”，即一个叫森吉兵卫的人的宅邸或是作走私生意的馆所。了解到那是比明治维新早许多年的幕府时代的房子了，说的是早年德川幕府制定了“锁国令”，规定海外贸易只能在长崎一港做，那等于打碎了今日鹿儿岛昔日萨摩藩的一个金饭碗，于是萨摩藩属下的坊津便做起走私生意来了，这“仓浜庄”就是据点之一。最后走私生意遭到严重打击，这里的人们才改行捕捞鲣鱼及加工鱼刨花。这“密贸易屋敷”外表很普通，但据说内部构造复杂，密室暗道、伪装巧妙。想进去看看，但现在住着人家，不对外开放，只得带着一番神秘感离去。

离“密贸易屋敷”两公里的坊浦北岸，有座坊津町历史民俗资料馆，进去参观，看到不少说明坊津曾是遣唐使船的出发归来之港、曾是佛教兴盛之地、曾是日本三大贸易商港之一的文物图画介绍，其中有幅巨大的“绢本着色八色涅槃图”是国宝级的。我还看到了当地在那个时代的船具渔具农具，看到了“密贸易屋敷”的构造图。我注意到馆内有不少与中国有关的东西，比如妈祖像、十一面观音像、古钱、书物……其中有一幅仿宋体字对联，上书“无物可酬天地法，全凭早晚一炉香”。看说明，得知那是1808年11月（清朝道光年间），一艘中国贸易船在坊浦海上遇难，乘员九十人中被当地百姓救起二十九人，死者均葬于坊浦陆地上，对联是李姓船主对当地人民的感恩之作。面对对联，我再次深感“漂洋过海”的艰难困苦和无奈，也感谢日本人搭救和安葬我先辈华人之恩。那对联内容发自肺腑，字也漂亮，让我感受到古商心地诚恳和文化造诣之深。

历史民俗资料馆旁有座小饭馆，在那里吃了些点心，餐桌靠窗，窗外就是坊泊那一湾海水，湾口处有一串小岛兀立着，其中有两座并排着笔直地突出海面10余丈高的山岩，一座细细尖尖似春笋，一座略粗但也尖尖则似冬笋，日人称其为“双剑石”。在小饭馆窗内墙上挂着它们的照片，照片上有诗云:“晴空澄海，落影双剑岩”，正是眼观实景的写照。眼见一条仿古朱红色的游船驶近“双剑石”，悠悠荡荡，店主过来说那是仿造的遣唐使船，它在述说15个世纪前日本遣唐使是从这里起锚随风逐浪驶往大陆，也搭载今日游客体验昔日遣唐使出海的悲情壮志，也兼饱览坊津海上美景。

隔着海边道路，历史民俗资料馆的斜对面，是坊泊小学，它是在一个叫“一乘院”的寺庙遗址上建立起来的，在学校的一隅，有19座四角型的和尚坟和几座墓塔，塔上刻有

"一乘院"历代主持名字。关于一乘院，那些坟墓旁有介绍说公元583年，百济之僧日罗，来到这里，建立小舍"龙岩寺"，安放了木雕阿弥陀像，凡千余年，立伽蓝多幢，高僧辈出，发展成辉煌一世的"一乘寺"。望着那些和尚坟和介绍说明，我想通了因有"一乘寺"才有了坊津之地名之故。为何?"坊"在日本乃坊乃僧侣之意，原来坊津即和尚港!"一乘寺"因明治二年的"废佛灭释"而废，但坊津之地名永远地留了下来。

坊泊小学所在地的陆上地名叫"坊"，它面对着坊浦。从此往北行车5分钟，见一座坊泊中学，它所在的地名叫"泊"，面对的小海湾叫泊浦。泊浦北岸有个丸木浜海水游泳场，岸上绿树成荫，海滩白沙铺就，景致无限美，惜黄金周中海水尚凉，未敢投入大海怀抱，只欣赏一番又继续北上。也是五分钟车路，看到了怀抱着数个小浦的久志湾，在它第一个小浦口上，看到了个"唐人墓"的路标，我便将车拐进了岔路中去。

这个小浦叫博多浦，是个小渔港，岸上的地名叫"唐人町”，就是曾有中国人住过的地方。这里的房子多数面东而建，村路是石块石条铺就的，有石井石水道，感觉到有中国东南沿海之味。听人说靠港口的路边曾经有过一座“唐针”，也就是中国古式计时用的“日晷”，它在20世纪50年代初被暴风摧毁，但是从它旁边清理出了妈祖像、观音像、古钱……噢，那就是我刚在坊津町历史民俗资料馆里看到的那些文物了！我跟人打听现在唐人町还有唐人的后代没有？人都说这里的唐人早在两三百年前就搬到长崎去了。我想起来了：1635年，日本幕府宣布“锁国令”，将对外贸易港指定在长崎一处，九州各地的中国人都被迫搬到那里去了。但是，那时已经故去的唐人留在了唐人町，是离去的唐人将他们死去的先人坟墓和家祠祭祀一番才走的。我在当地人的指引下找到了两处“唐人墓”“唐人祠”，也凭吊了一番。

交易场！这小地方会有一座交易场或交易所、交易会什么的？不是，是我打听这打听那中碰到的一个很老的老头姓“交易场”。原来，这唐人町前的港岸边，真有块地方是唐船（中国船）来是做买卖的交易场，慢慢成了地名。日本古时普通百姓是没有姓的，到明治维新时允许自己取姓了，于是住河边的姓川边，住山脚儿的姓山下，那老头儿的先人就住这交易场，他们也就姓了“交易场”。这姓颇稀奇，仅此地有三四家，而日本姓氏词典中未载有它。

过久志湾来到了秋目湾，这一路距离较长，行车20分钟，上坡下坡的路也曲曲弯弯。秋目湾的喇叭口张得挺大，湾口有个挺大的岛叫冲秋目岛，秋目湾中也套着几个浦，其中一个叫秋目浦，它被许多奇岩怪石锁住，因此风平浪静风光明媚，因此日英合拍的电影《007》的外景场地选择在了这里。公元753年12月20日中午，一艘遣唐使船自中国而归，它冲破风浪后先看到了当时叫枇榔岛的冲秋目岛，便顺那目标将船驶进了秋目湾，将船泊在了较平静的秋目浦。从那艘唐使船中走出了历经10年中五度渡海失败的，已经双目失明的66岁高龄的鉴真和尚和跟随他的高徒、能工巧匠，他终于将大陆宗教、产业技术、建筑、医药、文化带到了日本。

我来到了鉴真和尚登陆日本的地方，如今秋目浦岸上立着一块他登陆的纪念碑，上书“鉴真大和尚凌沧海遥来之地”，碑旁有座“鉴真纪念馆”，纪念馆中有鉴真的石雕坐像，有他的丰功伟绩及历尽千辛万苦渡海的介绍，从介绍中说鉴真和尚在秋目浦登陆后，稍事休息，于26日到达了太宰府。20日登陆秋目浦，26日抵达太宰府，这个速度让我感叹不已。我从福冈出发，在太宰府上的高速公路，紧赶慢赶到这里，驱车而来的距离是四百余公里！遥想古昔，山高路险，车马而行，不堪设想。想必鉴真和尚是稍事休息后就重下船舱，扬帆取海道北上，进有明海到的太宰府，那也得日夜兼程不容喘息啊。既已登上日本本土，休息几日再奔最终的目的地日本的京城是理所当然的，赶路何匆匆？他等到今日已太久，他已失明年迈、生命有限，他有强烈的使命感，他抱有“山川异域、风月同天、寄诸佛子、共结来缘”的情怀，他要“只争朝夕”。

坊津乃和尚港。鉴真和尚至多在这里停留了一晚，就这一晚给坊津给秋目浦留下了永世的光辉骄傲。夕阳西下，海水泛金，坊津游罢，我踏上返程。

从幺奘顶骨舍利到“水星”

有网友夏雨拷贝了首喜多郎的曲子贴在“东洋镜”上，我听了看了。她还问了：为什么不把背景选在京都奈良？而要选择北京，中国的长城？也许不是北京。是西安？保定？张家口？我回说2001年选过了，在奈良。2002年选在了西安。他先去北京后去西安的，最后出现的长城不是现场是配景，并且瞎编了首错字多多的诗“玄奘塔献给玄奘”以作说明。接着她又有几问，一两句话怕说不清，多敲些文字作个说明吧：

玄奘历尽千辛万苦西行天竺取经，于公元645年，背负大量佛经佛像和佛祖舍利回到长安。唐太宗赐其三藏法师号，邀其辅政，但他坚持住进了弘福寺翻译佛经。648年，长安大慈恩寺及寺内增建的翻经院落成，玄奘受朝廷之命担任了它的开山主持，是为中国佛教法相唯识宗庭祖。自那时起玄奘从弘福寺迁往大慈恩寺继续从事佛经翻译，而自651年起，玄奘又在唐太宗行宫玉华寺翻译佛经和论述写作。652

年，玄奘主持修建了大慈恩寺内的大雁塔，以珍藏他从天竺带回的佛经佛像和佛祖舍利。玄奘积多年心血共翻译佛经 74 部，写下了不朽的《大唐西域记》。

664 年，玄奘圆寂于玉华寺，先葬长安东郊白鹿原，后迁葬樊川。唐末黄巢乱起，玄奘灵骨奉至南京立塔安存，太平天国时期，塔毁，灵骨被掩埋。

1943 年，侵华日军在南京搞建筑工事时发掘出来了玄奘的顶骨，他们本想将其全部带回日本，因遭中国爱国人士反对，最后是于 1944 年分成三份，他们带走了一份，将另两部分交还了南京的汪伪政府和北京。留在中国的玄奘的顶骨后又分成多份，今存于西安大慈恩寺、南京灵谷寺和玄奘寺、成都文殊院、台湾新竹玄奘大学、印度那烂陀寺旧址玄奘纪念堂（北京广济寺、法源寺、广州六榕寺保存的部分毁于文革）等九处。日本人带走的部分因避美军轰炸，几经转移，最后奉安在琦玉县岩槻市的慈恩寺。战后，日本佛教联合会顾问，曾征求蒋介石意见，是否归还那部分玄奘顶骨，蒋则同意将其留在日本来弘扬三藏法师遗德。但后来还是奉还给台湾一份，今存日月潭玄奘寺。1953年，埼玉县岩槻市慈恩寺内，以花岗岩石建立了十三层的玄奘灵骨塔。

日本古都奈良有一座古老的寺庙药师寺，它的讲堂和金堂里均供奉着药师三尊——药师如来、日光菩萨、月光菩萨。药师寺是日本法相宗的大本山，而法相宗的始祖可追溯到玄奘，以此为由，药师寺向日本佛教会提出了分领慈恩寺的玄奘灵骨的请求并获准，1981年，药师寺迎回分出的玄奘灵骨。1991年，药师寺建成玄奘三藏院伽蓝，院内的八角堂形式的“玄奘塔”内供奉着玄奘灵骨和一座玄奘坐像，坐像右手执笔、左手托经书（贝叶），生动地表现着玄奘翻译经书的形象。

日本有位被称为画伯的著名画家——平山郁夫，他受药师寺管主高田好胤委托，积三十年心血，于2000年12月31日，完成了高2.15米、长49米的巨幅壁画《大唐西域壁画》。为纳奉这幅壁画而造的如同小讲堂的“绘殿”，就在“玄奘塔”北，壁画分七个场面描绘玄奘取经的苦难历程和丰功伟绩，“绘殿”的天花板上描绘的则是“丝绸之路群青天空”。

日本有位很奇特的会自己作曲、演奏的音乐家叫喜多郎，他会使用多种乐器演奏，演奏的乐曲旋律优美、意境深邃。他的成名之作《丝绸之路》系列风靡世界，发行过《敦煌》《远古》等许许多多专辑。2001 年 8 月，喜多郎在药师寺举办了一场“日光月光音乐会”，演奏了一曲《水星》，我想“日光月光”大概取自日光菩萨、月光菩萨，而《水星》一曲确是他明言专为悼念玄奘的。2002 年 10 月，喜多郎专程去了西安，在大慈恩寺中、背衬大雁塔，用印第安长笛吹奏了《水星》，再度那曲子献给了三藏法师玄奘。

石敢当、禹稷坛、石佛

在日本尤其在九州地区，有时一不留神，会在街头墙角、神宫寺院、私宅地，看到一块刻有“石敢当”三字或“泰山石敢当”五字的石碑。在日本，南起冲绳诸岛北至北海道的函馆市都有“石敢当”，其中冲绳地区较多，而在九州岛大分县臼杵市的八幡社境内的一块石敢当，据说历史最为悠久。

石敢当是中国一种民俗信仰，写着石敢当三字的石碑竖在哪里，可以镇邪消灾排除万难。关于它的来历传说多端，有说是女娲氏练石铸“泰山石敢当”帮黄帝战胜了蚩尤，也有说石敢当是五代后晋的一位无敌勇士的名字，最富民间色彩的是说泰山脚下有一壮士姓石名敢当，他击退了缠绕一位女子的邪魔而一举成名，后来求他驱邪的邀请来自天南地北，他不能分身面面俱到，便采泰山石刻上自己名字送人，那石碑也与他本人一样具有镇邪消灾的作用。

臼杵市是一个人口只有四万人口的小城市，但在历史上曾辉煌一时。1562年，权盖日本九州北部六国的战国之雄大友义镇，将他在今日大分市府内的城堡搬到了臼杵的丹升岛，开辟了一个新的城市。大友义镇是在臼杵接受了天主教洗礼的“大名”，他看中从事国际贸易的利益，招引了许多明朝和葡萄牙商船来到臼杵川河口，使得臼杵成了一座贸易商港。就在那个时期，臼杵出现了一区中国商人居住的唐人町，至今唐人町街名仍在，它紧挨着臼杵市最繁华的商店街

——八町大路。

今日大分市府内也有唐人町的街名，但关于它的传说已经听不到了。只知自大友义镇迁城堡到臼杵时，那里的唐人——中国人也跟着迁移了过去，又在那里商船可泊的地方形成了一区唐人町。在那里有记录说 1575 年，苏州嘉定人林准乘大明商船到来臼杵，大友义镇以礼相待，令其流连忘返，最后当了义镇的外交顾问。另外，早在 1506 年就有镇江丹阳人陈李长定居在府内唐人町，他的后代陈元明迁移到了新出现的臼杵唐人町，陈元明是很有名的漆匠，他曾被丰臣秀吉请到京都负责营建方广寺大佛的塑造雕漆。

话说也是在 1575 年，来到臼杵的大明商船不少，也聚集了九州各地商人，更加繁荣了臼杵市集。但唯利是图的商人们在交易时，经常发生口角，甚至动手动脚。那时代又没有经济法庭这么一说，所以商人吵架打架的事很令行政长官头疼。后来行政官找到唐人町上一位叫陈文龙的中国人商量对策，陈说立石敢当可镇此邪风。于是行政官请陈文龙在石碑上写下石敢当三字，立于交易现场，终靠其神力息事宁人。

陈文龙的“石敢当”三字写得饱满豪放，被许多人用纸拓下收藏，所以尽管那石敢当石碑后来曾两次毁于战火，却仍能依拓本字样得以重刻。我所看到的臼杵石敢当有 1.8 米高的，有其他地方来的日本人都惊叹它的高大，而我还听说最初立起的臼杵石敢当石碑有三米高呢。

说臼杵石敢当在八幡社境内，是二三十年前的老皇历，我按其说去寻找，费了不少嘴舌，原来是八幡社很小，今已鲜有人知。拜过石敢当，我得一新指南，沿那条叫作“八町大路”的商店街往西，顶到的叠屋町一侧的“市营第三驻车场”，它就竖立在那里。

这八町大路大概是说路两旁有八个町——八片街道，在那路上散散步很有意思，两旁的店铺的建筑物都很古老，还是臼杵城初建时的老样子，是早于江户时代的安土桃山时代的老样子，徜徉其间，犹入历史。八町大路南有片街道叫二王座，那里保存着一轩接一轩的“武家屋敷”——高等武士家邸，那里显的比八町大路宁静威严，更有历史味道。二王座街道并不宽广，除却那些“武士屋敷”，尚立有十几座佛教寺庙，其中有座大桥寺，上述唐人町漆匠陈元明之墓就在其中。

大友义镇修筑的臼杵城今日只剩下“大门橹”“叠橹”“胁橹”几座大门偏门，城堡已荡然无存，变成在小山岗的公园。登上城迹放眼可将丘陵环抱的古色古香的小城一览无余。

1562 年，权盖日本九州北部六国的战国之雄大友义镇，将他在今日大分市府内的城堡搬到了臼杵的丹升岛，开辟了一个新的商贸易都市。1592 年，丰臣秀吉出兵朝鲜时，大友义镇的儿子义统率领六千大军出阵，但因一次救援友军的作战时，误听情报而采取了撤退逃跑，造成总体作战损失，后被长期监禁。大友氏也因此被从统治九州北部六国的大名，降为治理一国（肥后国——大分）的诸侯，大友氏的城堡也由臼杵搬回了府内。臼杵城堡的城主先后换成了福原氏、太田氏、稻叶氏等小藩主，加之后来的锁国政策将国际贸易限定在长崎一港，臼杵失去辉煌，变成了以农业为中心的小城镇。

自臼杵城遗迹下开汽车，沿与臼杵川并行的502号公路南行七八分钟，钻过“东九州自动车道”即从一座桥右拐过臼杵川，那里是叫做家野的地方，有片高二十公尺的丘陵，上面有臼杵商业高等学校。在到学校之前的叫松崎的地方，可以看到一块栗色的写着“禹稷合祀の壇”的指标，顺指标走上坡不远就看到了那“壇”。此坛有两层，第一层是用条石围起来的边长各有八米多些的正方形土坛，它之上的正中，是用石阶围起来的高约一米的一个小小的斗状方坛，斗型方坛顶部各条边长不到两米。坛南面对臼杵川，坛上红土绿草，插有祭祀时用的竹竿，坛周围长满了古老粗大的松、柏、樟、杉，静谧神圣。

中国人也能看得懂“禹稷合祀の壇”是将大禹和后稷合在一起祭祀的坛。禹是传说中的夏之始君，禹是水神、治水之神，大禹治水三过家门而不入，是中国代代相传的故事。稷是黍或粟，是百谷之长，也是后稷——传说中的周之始君、农耕之神、五谷之神。在日本，许多地方许多河畔有因搞水利工程而祭祀大禹的夏禹王庙、大禹圣王碑、大禹皇帝碑等，在中国有将大禹和后稷合祭的地方，比如汉阳龟山有禹稷行宫。而将这两位中国神一起祭祀在日本的土地上，我还是第一次见到，听说这是日本的唯一。

登上“禹稷合祀の壇”，我脑海中立即浮出在北京中山公园的五色土社稷坛的印象，中国有社稷祭祀制度，这里的日本人怎么会祭祀大禹和后稷呢？坛上东边有块比人高的石碑上有刻字记载着它的来历，但因经年累月风化、青苔黄锈遮盖，许多字不拿纸拓已看不清，隐隐辨出“……螟螣入境，野无青草、此年风雨不若、邑或被水、我闻昔在尧之时、洚水方割、乃命禹制、克治绩成、于是焉、后稷教民稼穑、播时百谷、烝民乃粒……二神即人之天民之父母也……造坛于松崎、降神以合祀……”倒是坛下还有块臼杵市教育委员会立的油漆字牌的说明写的清楚，可让我加上道听途说整理出一段文字：

臼杵城在臼杵川入海口，臼杵地区的农业除去靠老天爷，离不开臼杵川，臼杵川却时常泛滥成灾。到18世纪上半叶，臼杵川流域农村不仅连年遭遇水灾，冲毁大量民居，更加上了旱、风、虫等灾害，使得农作物大歉收，产生的大量饥民生活苦不堪言。藩主向幕府借支的款项也不够用，屡请日本神明保佑终是无效。最后经藩中儒学者庄田子谦提议、藩主同意，筑高台造祭坛，请出了中国的水神禹和农神稷，以求制服水患和盼望五谷丰登。1740 年 9 月 15 日，举办了有藩主及民众参加的盛大的初次祭礼。而我今日能看到的记录“禹稷合祀の壇”由来的坛东石碑上已难辨全的文字，正是儒学者庄田子谦撰写的。

“禹稷合祀の壇”设置的百年之后，有了现代科学，我沿臼杵川而来时，也看到了当代河川管理，看到了臼杵川两岸的肥沃良田，似乎不必再求禹和稷。但两个半世纪后这禹稷合祀坛仍存在、祭典也每年施行，似乎是精神寄托。如今，每年九月，由家野周围五个地区，供奉神乐，联合设祭。今日的祭祀更多了庆丰收的喜悦，禹稷坛的旁边，多了一个圆圆的红土坛，祭祀禹稷和庆贺丰收之后，作为余兴，在那红土坛上面举行青年相扑大会。我于春季来，未看到九月的祭典礼庆，只有立于坛上，寻思古往。我凝视坛旁古松良久，仿佛看到大禹和后稷从树中降临坛上。

从“禹稷合祀の壇”回过臼杵川，再沿502号公往西南行车两三分钟，可在公路左侧看到一座石“鸟居”（牌坊），它后面就是日本最大的最有代表性的石窟群——臼杵石佛了。一群馒头般的小山围着几百亩大的一个小巧玲珑的盆地，几条小河穿盆地而过，一洼池塘点缀其中，我于春日去，小盆地里开满黄色的菜花，几个月后池塘里会有荷花开。它北面几座山上长满翠竹，东面两座馒头山长着黑杉、青松，因为今年春寒，夹在中间的山谷中还开着白白的梅花。在火山凝灰岩中开凿出来的叫作ホキ（容我将它音译为厚基）、堂迫、山王山、古园的四群六十余座石佛就在这山谷中，其中五十九座被列为国宝。

让我记下这些石佛。厚基窟有两组：九座阿弥陀佛立像加天部立像，势至、阿弥陀、观音三尊像。堂迫窟有四组：藏菩萨半跏像和它两旁的地藏十王像，三龛如来三尊像和菩萨像。山王山窟：中尊如来座像、胁尊两尊如来。古园：中尊大日如来，左有阿门如来、宝座如来、文殊菩萨、势至菩萨、不动明王、增长天立像，右有无量寿如来、不空成就如来、普贤菩萨、观音菩萨、降三世明王、多闻天立像。

给我留下很深印象的是高近三米阿弥陀三尊的中尊的端庄安详，地藏十王像的唐草纹色彩绚丽，山王山胁座如来的娃娃脸笑容可掬，古园中尊大日如来的典雅高贵秀美。大日如来的头和胸部不知何年剥落下来，曾放置在他的脚下多年，是自 1980 年开始的保存修理工程后重新装上去的。

关于臼杵石佛开凿的缘由，可从小盆地对面的一座满月寺那里寻找。相传，一千四百年前，那里住着一位叫炭烧小五郎的烧炭人，烧炭发了财，就成了真名野长老。他为了超度他死去的女儿，曾向中国天台山布施了三万两黄金，天台山派了一位莲城法师带着观音菩萨和药师菩萨像来还礼，后来他深深皈依莲城，建起了满月寺，成为开山鼻祖，还请来工匠在岩壁上开凿了石佛。也有传说是莲城法师先来，后有真野名长老返依出资建寺凿佛像的。一个烧炭起家的长老能布施黄金三万两，确实是传说才会有的，但它也确实优美动人。

据当代专家研究，臼杵石佛是从11世纪平安末年到十二三世纪的镰仓时期之间开凿出来的，也有人推定它们是14世纪室町初年的作品。我在拜观臼杵石佛窟时，脑海里常浮出年轻时游龙门、云冈、敦煌时看到的佛像，最后在满月寺旁看到了敦煌艺术剧院来访时植下的纪念树，知道了臼杵和敦煌结成了友好城市，更感到这里的石佛该与中国有历史渊源。途中遇见一位老学究风度的日本人也说从它们的规模、技术、造型来看，无疑都与中国的石佛有着直接的联系。他还告诉我说全日本共有三百五六十尊石佛，却有两百尊集中在九州，而九州的石佛又有三分之一在臼杵，因此它是一座宝库。

臼杵是漂浮着历史气息的城市，前面提过的商店街“八町大路”上的商店都是老字号，店铺大多是江户时代的建筑了。并行在它南面的是石路、石垣的“二王座历史之道”，保留着有藩主的时代上级武士们白墙、灰瓦的“屋敷”，行在其间，恍惚置身数百年前。这两条街中间弹丸之地上还坐落着十座古刹禅林，塔影钟声也构成一道臼杵风光。石敢当、禹稷合祀坛、臼杵石佛，是臼杵与中国历史文化交流的一部分。

雄渊雌渊

我和妻子有个无须花大钱的休闲去处，在佐贺县嘉濑川上，叫雄渊雌渊。嘉濑川自雷山和北山出，半路向东拐个直角，汹涌了十来里路，又拐个直角往南，再就奔向大海不回头了。这两个拐角处，各有一个温泉乡，名古汤温泉，名熊川温泉，雄渊雌渊在这两个温泉乡中间。

我们发现它时花了回大钱，是结婚三十周年时，第一次住了回温泉，就是古汤的“鹤灵泉”。据说“鹤灵泉”是徐福登陆日本时发现的，因此古汤就成了日本最古老的温泉。夜宿温泉，给我的感觉是身也净了，心也净了，万籁俱寂。天明后徜徉在温泉乡小街上，又是一番安详自在。走着走着，看到一块石碑，上书斋藤茂吉先生歌碑。看介绍，写道斋藤茂吉是日本歌（日本诗的一种形式）坛重镇。大正九年（1920 年）9 月 11 日至 10 月 3 日，他在古汤养病，作歌 38 首。我对日本歌一窍不通，因此只记曾有此人此事，并未更深研究。不料转身看到一个路标，上书“郭沫若先生纪念碑”，引起我的兴趣。郭沫若后半生之作在政治上阿谀献媚，我上中学时就有看法，但它前半生的中国文豪地位是不可否认的。难道他也曾在此偏僻山野养病、吟诗多首，才会有座纪念碑吗？我就想拉上妻子去看看。

嘉濑川从古汤温泉乡中间穿过，看路标只需沿川向东走，即可达“郭沫若先生纪念碑”，我们便沿川逶迤而去。川两边的山愈来愈高，川也愈来愈窄，窄成了溪，水流也就湍急喧腾了，像欢笑像唱歌。河床不时有个段差，就落出一帘瀑布，瀑布下总会积有一片宽阔平静的水面，就成了潭成了渊。走了三里多路吧，看到山路旁一块牌子，大字写着“雄渊雌渊公园”。俯首往下看，看到两片明镜般的水，两片水是紧紧相连的，只是一个段差一帘瀑布将它们隔开。因为一大一小、一伟岸一苗条，它们被叫成了雄渊雌渊。

这里叫成公园，是因整修了从山路下到渊旁的细道，盖了间厕所，辟出块能容十几台汽车的停车场，几套石制木制桌椅。其他完全是随其自然，保留古风旧貌。两岸山高树茂，山脚树木的枝叶能越过山路，将阴影投进渊中。渊旁布满白色巨石，石有人高，被万年流水冲刷的圆鼓隆冬的。说是公园，但没有公园中必点缀的花圃，只有漫山遍野的野藤野花。时值仲春，山上开着紫藤花，有风吹过，吹落了几片紫藤花瓣，纷纷扬扬，落在静静的渊水上。

雄渊上面有座红色的桥，过桥有股细细的清冽的泉水自山上流下，捧起一口山泉水喝，甜甜的，透心凉。我们在那里遇到一位住在佐贺城里的妇女，她正灌满了十几大塑料壶的泉水，吃力地往红桥那边的汽车上捣腾，因我帮她捣腾了最后三壶泉水，她回谢似的跟我们聊了会儿天。她告诉我们说她家的饮用水都取自此泉，因为它洁净、不要钱。她跟我们讲雄渊雌渊来历除了它们的形状和紧密相连外，还有一个传说，她手指着雄渊下的一个洞说：

昔日，古汤温泉有位少年，熊川温泉有位姑娘，他们相亲相爱。但姑娘家将她许给了另外人家，他们便私奔到两个村庄中间这无人的地方住了下来。以前从大山里砍伐下的原木是经嘉濑川放流到平原地区去的，而那几年中常有原木到这里被冲进那洞中不见了。有位原木的主人舍不得，便潜入洞中去寻找，结果就碰到了那少年和姑娘，他们正用漂进洞中的原木建筑他们的家园呢。经过交涉，原木物归原主了，但他们要求原木主人不要泄露他们的住地，于是后来流传出其洞深莫可测险象环生的危言，令人不敢入洞，也就没人能找到他们了。

好美的一个传说，那就是说这雄渊雌渊里真住着一对男女、雄雌、夫妻。我听后不由得想冲破那险象环生入洞去看望他们一下。旋即又打消了念头，不要打搅他们的两人世界了吧。

过了那道细细山泉水，便是“郭沫若先生纪念碑”了。碑是块像梨子形状的大石，石的一面被削平，刻上了铭文，是廖承志手书。碑由四四方方的水磨石台座支撑，台座中嵌了块铜牌。碑建于 1982 年 9 月，碑旁有几棵中国送来的树。

看铭文和铜牌知道郭沫若1924年秋天曾在这附近，也就是在熊川温泉和古汤温泉住过，在它们之间有雄渊雌渊的这条山路中走动过。但他在这里不是我想象的那样“吟诗多首”，而是写下了《行路难》等小说。

那天离开雄渊雌渊时，我想着得设法找到郭沫若写的小说《行路难》拜读一下。

我找到了一套《中国现代名作家名著珍藏本》，里面郁达夫的一集叫“自叙小说”，艾芜的一集叫“流浪小说”，郭沫若的一集叫“漂泊小说”。那“漂泊小说”中有《行路难》。

《行路难》是以第一人称写的郭沫若自己，再次来日再次回国之间，窘于囊中羞涩和受日人歧视，带着一家五口人频频搬家，越搬越穷的故事。写穷窘写受气写退回福冈住房的押金，变卖带不了的家具，计划到有温泉的乡下去住，写到了川上江，就是嘉濑川。他写搬到熊川温泉的旅店住下，想在那里安心写点儿文章，挣点儿稿费。他在《行路难》中先发尽牢骚、悲愤，终于在结尾呼喊出“楼外的川上江中的溪水不分昼夜地流。流到平坦处汇成一个小小的深潭，但还是不断地流。流到不通的路径上来又激起暴怒的湍鸣……一时的停顿是不可贪婪的，崎岖的道路是不能回避的……流吧，流吧，大海虽远，但总有流到的一天。”

从《行路难》中还看不出此文是郭沫若在熊川温泉的新屋旅社中完成的，因为他在那里还满腹牢骚、悲愤，那两间房中还住着三个小小的活蹦乱跳的儿子，书桌是“蒙好一层包单的白皮箱。”我在紧接着的一篇《红瓜》中读到“‘我一面说着便把包袱解开，把动身时买的一些糖食分给儿子们，把我在古汤写成的几篇小说递给了晓芙。’‘哦，写得不少了呢！’‘有三四万字光景。’‘你去了才几天了呢？’‘连今天才五天’……”原来是郭沫若又分居到古汤温泉单住，才把小说写出来，或他几天回一次熊川温泉的家，往返于嘉濑川山路中构思出来的吧。“郭沫若先生纪念碑”立于这段山路中间距离的雄渊雌渊岸边再合理不过。

郭沫若早已“暴怒的湍鸣”地流入大海甚至成了大海，他的牢骚悲愤呼喊，我已不太注目，倒是他的《行路难》《红瓜》中川上河即嘉濑川景色让我感到亲切：“红瓜、红荻、白芒、石蒜、败醯、蓟团、红茑”“浩浩的清泉在皑皑的白石间扬着欢迎的声浪奔腾而来”“狭窄的溪面上，一半是深碧的流泉，一半是庞大的白石。石洁而平莹，脱衣裸卧其上，身被日光爆射，又倒卧水中”。

郭老七十年前描写的这实物情景，今日仍能在嘉濑川的雄渊雌渊及其上下溪流中分辨得出，历历在目，正是山水依旧。但我看它们的听它们的感觉与郭老不同，那因为他是文豪我是凡人，还因为他在此住时正是血气方刚的青年，他牢骚悲愤呼喊；而我来此则已心平气和地走向老年，我已知足认命与世无争。比如郭老听的溪流声是暴怒的湍鸣，我听成了湍急喧腾，像欢笑像歌唱，或小河流水哗啦啦；比如郭老看的白色巨石“洁而平莹”，我看成了被万年流水冲刷的圆鼓隆冬。

我喜欢我们偶然发现的雄渊雌渊，自发现它后我和妻子年年来季季来，来了十年了。这里四季水清清的、石白白的、山葱葱的，现在说季季来有点儿过，我们冬季不来了，高山流水寒天，老骨头顶不住了。春天里来，梅花樱花先后开，轮到紫藤开时嘉濑川上会横挂起一排排五颜六色的布鲤鱼，夏天里来是图个凉爽，秋天里，桂花飘香、枫叶红、柿叶红……

那里成了我和妻子的休闲好去处，因为它叫雄渊雌渊。我们去那里无须花大钱：开车用的汽油钱可用灌满的几大壶山泉水找补回来，吃的是自己带的茶叶蛋、烙饼、馅饼之类，我们不住温泉旅店了，只去程或回程在古汤或熊川花五百日元泡个把小时温泉，也似神似仙。

我们在雄渊雌渊一待就是半天。半天里都干什么呢，有时沿山沿川走走，有时聊聊天，有时干脆就在“郭沫若先生纪念碑”旁的凳子上默默无语地干坐着，或大眼瞪小眼，或掉转脊背各瞪各的眼。

我们聊天，不聊希望不聊将来，因为那对我们来说已不太多。我们专聊过去，我们聊自己的过去，聊很少有过的得意自豪，聊着聊着，把它们聊成了平常自然；我们聊经历太多的苦难悲伤，聊着聊着，把它们聊成了甘甜幸福。我们也聊故友旧恶，我们怀念往昔朋友的情谊，我们聊着聊着，聊得以往讨厌的人也有很多可爱之处。

我们干坐无语时我是什么也没想，只直勾勾地望着雄渊雌渊两潭清水，甚至瀑布泻入它们的声音也没灌入耳中——那两帘瀑布本不大，落声也小。我妻子想什么呢？我没去想，大概让我想，她也是跟我一样两眼直勾勾地望着雄渊雌渊两潭清水而脑中什么也没想吧。但最后还是有谁先想起，说该灌山泉水回家了。

樱花国里梅花赞

樱花开樱花落，讴歌她的粉红淡白，追求及时行乐、叹息人生短暂，似乎是东瀛的千古绝唱；其实，嫣红洁白的梅花的寒中绽放，磨炼志向坚傲、高扬意气风发，也是日人咏颂不断的。

公元730年正月十三日，日本国九州太宰府的大伴旅人的庭院中，举行了一场酒筵，名为“梅花之宴”。七位正客、主人和二十四位从客，每人咏诵了一首梅花歌，仿王羲之的

"兰亭集序"做序结集，是为流芳后世的"梅花之歌"，收在文学瑰宝和歌集《万叶集》中。诗难翻译和歌更难，我只有带着"歌"到太宰府边赏梅边求点滴心领神会："梅花盛开，百鸟鸣唱的春要来了"，"梅展梅谢，报知樱花欲放"、"吾苑落梅，可是天赐的流雪？"

太宰府属今日福冈县，那里曾有座叫大宰府的宫殿般的官邸，是古代日本九州政治权力中心，大判旅人是大宰府的权帅，他请来的客人都是府中高吏和相当于今日各县知事的各地国司。太宰府是梅树从大陆传来最早的生根之地，最初一般人家是没有的，我们可以从"梅花之歌"中看到梅花给日本带来高雅文化，也可以看到当时日本官人们的中国文化造诣之深。

《万叶集》中有一首和歌是咏颂梅花的香气的，后来的平安时代有更多的颂梅香的和歌咏出。日本有庭院的人家中多种有桂花树，我喜欢她开花时吐露的芬芳。屡往太宰府和其他地方赏梅，我也喜欢上梅花的清香。桂花的芬芳扑鼻冲脑，梅花的清香动心醒神。《万叶集》里咏颂的梅花都是白色的，冷艳圣洁。1世纪后，红梅花在日本出现了。公元850年，一个叫菅原道真的五岁童子看到家中梅花开，作歌“美呀，红色的梅花，贴染在我的面颚上吧！”从此他和梅花结下不解之缘，始终在和歌诗歌中咏诵梅花。

菅原道真家三代都是大儒学者、文章博士，祖父清公和最澄、空海是同批遣唐使，回国后积极地向宫廷官界导入唐风文化，伯父也是遣唐使。菅原道真五十五岁时以才学拔群当了宰相职的右大臣，两年后却因贵族族出身的左大臣藤原时平谋略谗言，而被贬职左迁为大宰府权帅。他在京都自邸的红梅殿和家族亲友门弟们依依惜别后，踏上了艰难孤独千里迢迢的长途。当他拖着羸弱多病的身子终于到达太宰府时，竟然看到他家梅园中的梅树傲然挺立在眼前！

那株梅树叫作“飞梅”，诗一般的、神话般的名字！她果然是诗，菅原道真惜别红梅殿时给梅花留下一首和歌——“梅，如果东风吹起，请你想起我。虽然主人不在，勿忘春之到来。”她果然是神话——红梅殿前梅园里的梅树敬慕菅原道真的高洁的人格和渊博的才学、同情他的不幸遭遇，追随而来，她从京都来到太宰府只用了一夜时间，是飞来的。那株“飞梅”开花是白色的，她枝干虬曲苍劲地挺立在太宰府天满宫本殿右前方，树龄已千一百年，千年后大正天皇的皇后在本殿左前方植了株红梅陪衬她。千年后天满宫神苑里有了六千株梅树，每年寒冬“飞梅”率先开花，然后满苑就绽放出六千红白花团，她在日本构成一种信仰一种文化。

菅原道真到大宰府上任的第三年梅花盛开时死于老朽的官舍南馆，拉灵车的牛走到一个叫四堂的地方说死了也不肯走了，他就被埋葬在那里。那里后来有了安乐寺，再后来有了天满宫。菅原道真成了天满天神，那牛成了神牛。天满天神是学问之神、是书道之神。他死后不久，京都突发暴风骤雨雷鸣电闪，陷害他的藤原时平与其一族人均遭横死，他是遭到厄运之后成神的，所以是消除厄运之神。他还是渡唐天神：他在世时中国已走完了盛唐时代，经过一场安史之乱进入藩镇割据时期，他建议朝廷废除了遣唐使制度，消化汉学开创发展了国学。日本镰仓时代的圣一国师圆尔自宋学禅归来，为太宰府东福寺开山。某晚天神出现在圆尔面前，欲拜师问禅，圆尔推荐天神去大宋经山他师父佛鉴禅师无准那里去学。天神渡宋去了，继承到无准的衣钵，神通地于一夜之间回到了太宰府。他圆了遣唐使之梦，成了渡唐天神。有意思的是，所有渡唐天神画像的腋窝下都夹着一根细细的梅花枝！天神莫不是驾驭梅花飞渡的茫茫东海，或许是梅花托出了一尊天神？

梅花敬仰学问，学者爱慕梅花，饱学之士通过梅花成了学问之神。

到太宰府天满宫去拜梅、去赏梅、去咏梅吧！你看那高中生、初中生、小学生、甚至要人名牌小学的幼稚园生们，在梅花没结骨朵时就来了，他们拜学问天神保佑自己能考上理想的学校，将祈愿的牌子挂在梅树下，梅花盛开时也是发榜时，他们会到梅树前感谢因学问天神保佑而入学或祈愿来年必中；你看那赶上厄运年龄的青年人、中年人，他们祈愿天满天神驱散他们身上的厄运晦气，他们将抽得的“大吉”“吉”“小吉”纸签叠成条缠满梅枝头；你看那三五成群、一手将诗笺举在胸前一手将笔握在背后、徜徉在梅花下的人们，他们是近郊“俳句会”“短歌会”的诗歌爱好者，他们脸被梅花映白映红地在捕捉灵感。他们捕捉到什么灵感呢？文豪夏目漱石有名句“任何爱皆可向梅神祈求！”

太宰府天满宫的梅花不仅给你冷静纯洁的思考，她还能给你熨帖至心的温暖。踏进饮食店、礼品店组成的宫前半里长街或走到宫内茶室前，总有大娘、姑娘向你献茶，那是滚烫的梅茶。你不坐进去小憩小饮一下喝点儿什么吗，有梅酒。吃点儿什么？当然是那刚烤出来的糯米面裹豆沙馅的梅枝饼啦。被左迁又多病的菅原道真的生活也是很苦的，一位慈祥的老妇为他做了年糕饼、附上一条梅枝送去，温暖安慰了他的心，那就是梅枝饼的由来。

梅花礼赞要延续到花瓣飘零时呢。中国古有的“曲水之宴”早就传到日本朝廷和公家，958 年旧历三月三，大宰府大贰小野好古，把它移植到了天满宫神园，延绵至今（改为每年三月第一个星期天）。今年我又去看“曲水之宴”了。神园中又绽放着六千红白梅花团，一条细细的小溪从园中弯弯曲曲地流过，有的梅花瓣已在飘零，就落到了溪水上。太宰府和县境内的名士穿着奈良、平安时代的衣冠、才媛着“十二单”和服，坐在小溪两侧的红毛毡上，溪水上流飘来一盏酒杯，名士才媛们在随着梅花瓣飘来的酒盏到自己眼前时咏歌一句。

梅花不只开在太宰府天满宫。天野山、宝满山、背脊山里，各个公园，有樱花的地方就有梅花开，它是福冈县的县花。元旦伊始福冈的报纸就在报道梅花的新闻：已生骨朵了，已含苞欲放了，花开一分，花开三分，满开了！我每年都根据那报道去太宰府天满宫或县内各地看梅花。有人问我何以有此雅兴？我不雅，只是觉得那是中国的国花，她能给我这海外华人一种精神寄托一种熨心的慰藉。有人问我有没有吟诗颂梅？我不会，但我赏梅时会想起一句伟人的诗：“俏也不争春，只把春来报”，梅花谢后我会改写他那后半句为“待到樱花烂漫时，她在丛中笑。”

后 记

中日经济文化交流源远流长，日中之间亦曾五度交战。日本废除遣唐使后，中国商人即扬帆过海来到日本，开始了中日之间的经济往来。接踵而来的是僧人、文人、儒者、医生、工匠及历代精英，他们将佛教、道教、儒家思想，中国文化、风俗习俗传播到了日本。这些来自唐宋元明清的中国人，被统称为唐人，他们聚居之地多称唐人町，直到明治维新后才出现了华侨、华人的称呼，在长崎、神户、横滨出现了三大中华街。如今在日本，随处可见那些唐人留下的足迹、事迹、遗迹、遗址。通过它们，可知一部可歌可泣的在日华侨华人奋斗史，亦可瞧见当时的日本，即在日瞧日的历史。

我自 1980 年来日，至今侨居东瀛三十七载。少小时起便喜远足，青年时代曾以旅行、流浪等方式涉足祖国东西南北，饱览壮丽山河。来日后也趁壮年的工作之余、老年的多休闲机会，以漫游、散步形式，观览好山好水的日本风景，了解日本历史文化。而在这种漫游、散步日本之时，总会于自觉或不自觉中与那些唐人历史不期相遇。

特别是从东京移居福冈的二十余载中，走遍了包括本岛山口县和海中的冲绳县的九州地区。这里是日本国家最早的发祥地，有着多处遣隋使遣唐使的出发港和归来港，是中国和日本最早产生政治、经济、文化交流的地方，这里大大小小数十座城市中都存有一划叫作唐人町的地名……我在走遍九州地区的海岸、火山、温泉的同时，也走遍了那些唐人町。唐人于日本已是过去的称谓，今日在日华侨华人，并非居住于中华街、唐人街、唐人町之类的地方了。但我还是有意无意地去各地唐人町转转，看看我们老祖宗的踪影。

最早的不期相遇过后便忘记了，留下“过了这村就没这店”的遗憾，此后出行带上纸笔，将所见所闻简单记录下来，回家再参考文献，整理成文，一是自己保存，一是与同好分享。久而久之，竟积累出百余篇小文，不知可算作游记、散文、随笔，或四不像的文章。

中国人知日或日本人知己，最早见于陈寿《魏书·倭人传》(《三国志·魏书》“东夷传”倭人条)。记载了日中两国政治文化交流，更是日本历史研究、考古的最早的真实遗物，是汉光武帝赐与日本奴国国王的印章，即于1784年在福冈市志贺岛发掘出来的、镌有“汉委奴国王”五字的金印。《魏书·倭人传》的编纂及出土金印的镌刻，比日本神话兼历史书《古事记》(712年)和日本首部正史《日本书纪》(720年)的成书要早数个世纪。此后千余年的中日之间虽有亦和亦战时，但民间交流从未间断过。清末民初时的中国官员政客及早期留日学生，对明治维新后强盛起来的日本多有论述和介绍。20世纪80、90年代来日的留学生及居日工作、生活的中国人中，更出现了一个身在日本，客观冷静地观察、叙述、报道日本的作家、写手群。

这个群体中显见的领军人物是我的老友、编辑出身的随笔大家李长声先生。前两年，他提出编辑《侨日瞧日》丛书的主张，邀请了那些作家、写手参与，我也交出了那些四不像的文章。这些稿件，最后由李长声先生转交到了赵琼女士手中，像是遇到了知音，赵琼极具珍惜这批文稿，给它们找到了好娘家——中国法制出版社。今日在此，向李长声先生和赵琼女士表示感谢。

具体到我的小稿《扶桑华影》，是由中国法制出版社的胡斌先生和耿旭冉先生担当责任编辑的。虽未曾谋面，但从近一年的电邮往来中，能感觉到他们作为编辑的认真负责态度和专业工作能力。首先，我交出的稿件是大杂烩一锅端，经编辑的指教，芟繁就简，分出了较为清晰的几个主题，使得自己看着也觉得舒服了一些。再有，当看到最后编辑而成的定稿时，已与我交出的初稿绝然不同，心生焕然一新的感觉，可见他们付出的心血，虽不敢称好文章，但是文章已是成书的样子了。在今日《扶桑华影》即将从小稿成书之时，谨向中国法制出版社及胡斌先生和耿旭冉先生表达衷心感谢。

龙　昇

2017 年季夏

图书在版编目（CIP）数据

扶桑华影/龙昇著.—北京：中国法制出版社，2017.8
（侨日瞧日/李长声主编）
ISBN 978-7-5093-7838-0

Ⅰ.①扶… Ⅱ.①龙… Ⅲ.①随笔-作品集-中国-当代
Ⅳ.①I267.1

中国版本图书馆CIP数据核字（2017）第188629号

策划编辑：胡　斌　　责任编辑：胡　斌　耿旭冉　　封面设计：李　宁

扶桑华影
FUSANG HUAYING

著者/龙昇
经销/新华书店
印刷/三河市紫恒印装有限公司
开本/787毫米×1092毫米　32开
印张/8.75
字数/118千
版次/2017年8月第1版
印次/2017年8月第1次印刷
中国法制出版社出版
书号ISBN 978-7-5093-7838-0
定价：35.00元

北京西单横二条2号
邮政编码100031　　传真：010-66031119
网址：http：//www.zgfzs.com　　**编辑部电话：010-66066324**
市场营销部电话：010-66033393　　**邮购部电话：010-66033288**

（如有印装质量问题，请与本社编务印务管理部联系调换。电话：010-66032926）